64 顆 星 星

《文 訊》銀 光 副 刊 選 集

隱地・主編

〈主編序〉

文壇懷人集

◆隱地

這是一本懷念老作家的書，這也是一本文壇懷人集。

過去的人都說，人離開世界，變成天空的一顆星，文人也一樣，他們遠去，爲天上添了一顆星，更不同的，文人也在地上留下了他們無數的作品，每一篇作品，都是一盞燈，照亮著路，協助我們前行。

展讀本書，更讓我們仰望天空，想尋找他們是哪一顆星？滿天星，亮晶晶，《64顆星星》一方面讓我們仰望天空，一方面低頭沉思，不管我們讀了《64顆星星》中哪一篇作品，這些過去的文壇前輩，彷彿立即都重新活在我們眼前，每個人的音容笑貌也讓我們回想，回想過去他們還在世時的種種往事。

讀者之中，一定有些還記得：當他們在世時，或許聽過他們的演講，或許在某一個場合，曾經見過他們，甚至參加過他們的新書發表會，更說不定，你書房裡還留著他們之中的某位作家的簽名書。

＊

就我個人來說，對有詩、散文或小說在書中出現的六十四位作家，幾乎五分之四，都曾見過面，通過電話或寫過信。在五〇、六〇或七〇年代，甚至八〇年代初，不像現在，大家都人手一機，或以電子信互傳音訊，在我們的年代，一切都以紙或筆進行溝通，那是寫信的年代，打電話的年代，人或許還未見到，但彼此已魚雁往返，成為筆友、文友，或者，人雖未見，但慕彼此名，竟然在電話裡對起話來，說著、說著，後來真的見了面，甚至演變成一輩子的好友、老友。

像我自己，由於青壯年代，就有機會編書，譬如編《這一代的小說》（大江／爾雅），編早年的《五十七年短篇小說選》（仙人掌／爾雅），以及參與文星書店、協助蕭孟能先生編選「文星叢刊」中一套「青年作家選」，所以在六〇、七〇年代就不停和作家寫信，像本書中的王令嫻、段彩華、邵僩、鄭清文、王家誠、趙雲……可說都是我還被稱為「文藝青年」時期，就不停寫信的對象。

後來自己成立了「爾雅出版社」，寫信的範圍無形中擴大，譬如郭良蕙、張拓蕪、姚宜瑛、喻麗清、曹又方、洛夫、管管、蓉子、景翔……都成了爾雅作家，關係更進一步，除了文友、筆友，還是共同合作出書的夥伴。

這些老前輩、老朋友都是我生命記憶的一部分，如今重新拜讀他們的作品，升起無限懷念，曾經，當文友和文友聚在一起，每當彼此投緣，談話得到對方共鳴，總是會說：我們是一國的。

是的，許多文友在「純文學」林先生家客廳因歡聚而相識時，尤其喜歡說：「我們是一國的」，可見早年文人多麼珍惜緣分，偶有意見相左，彼此也有吵架之時，但吵過立即又聚在一起，不知爲何那個年代，總是只想朋友的好，把每一個朋友都看得無比重要。

*

細讀本書，我尤其在前輩作家中讀到早年的文人相重，譬如趙天儀懷念葉泥先生的〈現代詩的啟蒙者〉：

綠原的《童話》
曾經是楊喚的啟蒙讀物

葉泥的《楊喚的生平》
曾經是楊喚童詩的傳播者

當紀弦說現代詩的火種是他帶來的
鍾鼎文說：「那我們算什麼呢？」
他說以「藍星」來象徵
每一位詩人占有一個天空的星座

葉泥評介里爾克、紀德
譯介日本岩佐東一郎
以及古爾蒙的田園詩
那一系列的給西蒙的情詩香頌

您以《現代詩》的輔佐者支持紀弦
您以《藍星》的摯友支持覃子豪

您以現代主義的火把投入《創世紀》的革新
您是《南北笛》、《復興文藝》戰鬥的夥伴
您是《笠》的諍友，諄諄善誘的長者

趙天儀，一九三五年生，比我大二歲，自己是臺灣大學教授，著名詩人，他卻如此尊敬他的前輩——一九二四年生的葉泥先生。

本名戴蘭村的葉泥，河北滄縣人，最初寫詩，五〇年代開始翻譯紀德的《凡爾德詩抄》，著有《紀德研究》及導讀紀德的《地糧》，論述《里爾克及其作品》，先後在高雄「大業書店」和「大舞臺書苑」出版，是七〇年代影響深遠之書。

此外，詩人一信，亦以詩，譽揚詩人余光中，說余是一棵大樹，樹苗來自大陸，培育成長於苦難時期的臺灣。

光中先生，是詩壇泰斗。收在本書中的〈沙糖橘〉，是一首詠物詩，雖僅短短十六行，詩藝出神入化，登臨絕頂;另有「詩魔」之稱的洛夫，收在書中〈灰的重量〉，雖是小詩一首，硬是不同凡響，「詩仙」、「詩魔」，都令人無限懷念。

＊

作家都懷舊，譬如長住舊金山的喻麗清，她的〈紅皮箱：一個未完成的夢〉，短短三千字，卻刻畫了兩位讓她懷念的朋友——一個來自臺中埔里，懂梅樹、梅子、梅醋和梅酒的「她」，以及另一位叫柯由喜的女子——兩個人都留下了令人悵然的故事。這人世間處處有情，卻也時時有無常憾事發生著。喻麗清的小品和散文，向來寫得動人，可這樣一支好筆，二〇一七年就揮揮手，離我們而去。

喻麗清去了哪裡？她必然和埔里女友和柯由喜歡喜地聚在一起。

因爲埔里女子臨行匆匆，臨終她還對喻麗清說：「我先去給你們探路，安排好了等你們。」

＊

一九三四年生的陳冠學，散文別樹一格，他的〈一日〉，是智慧的思索，他說：

每個人的每一日就是每個人主演的一幕劇，這些劇，有先寫就劇本的，有隨機演出沒有劇本的，概括地言之，這些劇所演的，不外是「悲歡離合、榮辱得失」八個字。

把人的每一日當成一幕劇來演，親愛的朋友啊，「八個字」的人生劇目，你要選擇哪一個字？人生像一艘船，航行的目標或許自己無法掌控，但總要設法不要觸礁啊！

＊

透過張拓蕪〈我怎樣認識趙老大的〉一文，不但讓我們認識了詩人一夫，也讓我們認識了報人趙玉明。而一夫即趙玉明，為人四海，且古道熱腸，文藝界朋友都尊稱他一聲「趙老大」。趙老大還有一夥「同溫層」時代諸好友——如詩人辛鬱、畫家楚戈、小說家尼洛等。

趙玉明（一九二八～二〇二〇），湖南湘陰人，著有《學徒辦報》和《筆墨因緣》，二書均由文訊雜誌社出版。

話說民國四十九年，張拓蕪還在臺南三分子營房當上士駕駛士，一個駕駛士，每天要擦洗大小兩部軍車，沒有一天可以逃避，這是每個駕駛兵的任務和宿命。那年張拓蕪已經三十二歲，大兵一個，無隔宿之糧，再怎麼樣的陋室，也沒有一間屬於他，在如此茫茫人海，怎麼可能找得到女友，結婚更是夢想。他感覺自己的日子過得如死蔭谷，毫無生氣和指望。

於是他天天申請調職，一次又一次，上層就是不批准，那年頭，阿兵哥想從野戰部隊調職，難如登天，但他不死心，再申請，又申請，到了第七次，他終於被調職到林口義士村，是國防部一個心戰單位，在那裡，他遇到了上尉軍官趙玉明，就是詩人一夫，從此成爲他後來的直屬長官。

一向待人熱情的「趙老大」，當然善待張拓蕪，才會成爲他心中永遠的「趙老大」。

此文也流露了軍中的袍澤情深。後來趙玉明被派調到馬祖電臺，他也把張拓蕪帶到馬祖，一同工作，四年半後，張拓蕪到了退伍年齡，由於沒有學歷，也無人事關係，趙玉明想盡辦法爲他覓得一個小小職位，沒想到就在報到日前一天中風昏迷，從此成爲殘障人士；之後一切奔波艱辛之路，也都是「趙老大」在幕後鼎力相助。總算最後把張拓蕪的老命救了回來，才有後來寫「代馬五書」的張拓蕪。

＊

關於智慧，曹又方在〈人間夕照〉中，亦有一句話：

善處老年，比諸苦澀的成長期還難，因為失去了莽撞這項武器。

曹又方的話尚未說完，她接著又說：

有趣的是，儘管活得孤獨寂寞，而且愈老愈悲慘，落入了哀傷的洪流，卻也不肯讓自己進入永眠。

*

《野風》時期就名滿文壇的師範，他寫的〈那個暖暖的下午〉，是一段典型的「老派愛情」。一對因國共內戰逃難失散的青年情侶，想不到四十年之後在臺灣終於聯絡上了，但男已婚、女已嫁，且各有子女。

師範把小說時間壓縮在一個下午，地點在一家百貨公司地下室的餐廳，表面上看來，這是極爲普通的一個老先生和一個老婦人在話家常，暗地裡，透過師範的筆細細鋪陳，小說的背後暗潮洶湧——原來這是一個大時代的悲劇，兩人雖早已各自來到臺灣，但彼此就是得不到訊息，成爲兩個互相等待的人。

無情光影日復一日的移動，他們終於向命運低頭，分別成家立業；但「時間之神」，似乎最後還要考驗他們，又讓他們在「偶然」的機緣見了面。

小說的結尾，是當年「長髮爲君剪」的一束長髮，男方租了保險箱整整珍藏四十年。利用這樣一個飯局，男方將女方的一束秀髮還給了她，這也是女方後半生的心願。兩人自此安心的吃了一個午餐，互道珍重，並祝幸福。

這不是古典的「還君明珠雙淚垂」，這是現代版的「倫理大放送」。

＊

童眞，是這麼好的一位小說家，在本書中的〈失落的照片〉，雖是一篇散文，卻也是一部長篇小說的絕佳題材，從一張失落的父親照片說起。童家是「大宅門」，從祖父起，就家大業大，「童涵春堂」中藥號當年在上海鼎鼎大名，日進斗金，童眞祖父，因此將事業的觸鬚伸展到各行各業，如錢莊、糖業、南貨行、桐油店、五金店等，祖父六個兒子，當然都派上用場，偏偏童眞的父親只喜歡寫毛筆字，練書法，不得已當上了「錢莊」經理，過的是「夢與現實」脫節的生活，但童父仍爲童家守住財富，且家訓嚴格，不准孩子染上賭博和吸鴉片的惡習。

可嘆的是，民國初年，有錢人家以吸大煙爲尋常，果然，童家「大宅門」和祖父手創的「童涵春堂」龐大的家產後來都被二伯父的孩子們輸光了、抽光了。

一個長篇小說的故事，童眞以散文之筆，娓娓道來，這是童眞的家族史，也是童眞個人的成長史，當然寫得傳神之至，童眞向來筆藝高超，在前輩作家中，童眞這位了不起的創作者被我們忽略了，她沒有林海音或琦君的光環，是童眞個人的遺憾，也是文壇的遺憾。童眞將近二十部長篇小說，如《古香爐》和《車轔轔》都有可觀之處，可惜未能在主流出版社出版，加以她本人對名利淡泊的性格，未引起評家注目，連帶的，廣大的讀者也和她擦身而過。

＊

六十四顆天上的星星，他們留在人間作品裡的智慧和對人世的深情，哪裡是區區數千字說得完，我很高興也珍惜《文訊》編輯同仁給我機會，主編這冊老作家的作品選集，也謝謝楊宗翰、杜秀卿和蘇筱雯，體諒我視力弱化，分別就詩、散文和小說，幫我做了辛苦的初選——《文訊》「銀光副刊」起自二〇〇九年，就爲六十五歲以上老作家開闢新園地，十四年累積的稿件數量驚人，無法容納在一本「精選集」中，此次只好先在仙逝的七十六家作品中挑選，到我手上，又淘汰了一部分遺作，最後選擇六十四家作品各一篇，將來如有機會希望再出版第二集、第三集。

書中作品，都是老作家生前交給《文訊》「銀光副刊」的寶貝，寫了一輩子，寫到晚年，迎接他們的，居然是發表園地日見稀少，難得《文訊》肯專爲我們特闢一塊珍貴園地，才讓文學的不老花朵繼續盛開。

無論詩、散文、小說，本書內的每篇作品確實是一個百寶箱，琳瑯滿目的珠寶俯拾即是，親愛的讀友，請大家珍愛前輩文人，留下彌滿於書中的傳統風範。

目次

輯二　散文

輯三　小說

Poetry
輯一・詩

大樹飛了

敬懷詩人余光中先生

◆一信

仰看　很大一棵樹
樹　樹苗來自大陸
培育成長於苦難時期臺灣海島

這樹想飛　愛飛　飛去歐美
吸收了很多營養　也將
養分帶回臺灣培育小樹

樹　枝椏伸入雲霄

果實豐碩壘壘垂地
垂遍土地　甜美神奇多樣多種多……
有東方精神素馨品質
西方現代科技味覺味感

樹超浪漫　自行告白
大陸是母親　歐美乃情人
香港係外遇　臺灣
為終身摯愛不變之妻子

很多蚍蜉　蟲豸侵襲攻向這樹
也有一些蟲魚學者
用尖銳聲波　字磚汙衊攻訐這樹
樹　完全未被撼動
而風雨山川卻在旁群起嘩笑

這棵樹真飛走了
飛往何處不知道
有人猜想：是去找
李白　蘇東坡或惠特曼聊天去了
或是找司空圖　劉勰或
艾略特　沙特抬槓去了

原刊《文訊》三九四期（二〇一八年八月）

一信（一九三一～二〇二一），本名徐榮慶。曾任軍官、教員、記者、主編，省公營事業單位專員、課長、副經理，以同簡任職退休。《中國詩刊》創辦人之一並任總編輯，曾主編中國文藝協會、新詩學會、青年寫作協會之會刊及選集。曾獲中山文藝獎、中國文藝協會榮譽獎章等。著作有論述、詩十餘種，主編刊物及選集十餘種。

說心

◆丁穎

凡人皆有心
其心相同，其形相似
因人心皆肉所長
而不同者，因其善變
變幻之大，天地莫測
心色本紅
卻有黑心之人
花心之人，無心之人
熱心之人，心冷之人
苦心之人，心酸之人

粗心之人，心細之人
善心之人，心惡之人
小兒女談情說愛
其心如蜜，又叫
甜心（Sweet heart）
七老八十行將就木
只剩下一顆乾枯
寂寞孤獨的心

心之大如天
心之小如芥
心之為物
有色、有味
有形、有名
有抽象、有具象

凡此種種不可言說
故心相同實不相同
至於人同此心
心同此理
那是哲學家說的
我不再贅言矣！

一〇三年歲次甲午於臺灣夢痕齋

原刊《文訊》三五一期（二〇一五年一月）

丁穎（一九二八～二〇一九），本名丁載臣。安徽大學中文系畢業。曾創辦《中國郵報》、《亞太時報》、《全民生活雜誌》等刊物。一九六七年創立「藍燈出版社」，一九七七年與高準、郭楓、吳宏一、王津平、李利國等人創辦「詩潮詩社」，發行《詩潮》詩刊（一九七七年五月～一九九四年十二月）。著作有詩、散文、小說。

大明湖畔

◆方良

兒時的夢　色澤有溫情的紅
岸的靛藍　路的灰淡
堤上錯落多少輕巧的足跡
而湖　漣漪的課題閃爍依舊
波動輕盈　一如六十年前的引逗

哎　髮蒼視茫了　今晚
柳靜垂深　湖夢含煙
不禁憶起　那一年

烽火往事的中秋

半生滄桑　顛沛流離
仍難解讀　湖這本書
夜深夢瘦　因為霧濃
夜　濕了

這是九百六十萬方圓中的一隅
雖然物換星移　仍有明滅的鄉愁
歲月不待　故人離散
望斷的夢境　母親般地盪起
大明湖的千秋

原刊《文訊》二九七期（二〇一〇年七月）

方良（一九三四～二〇一五），本名劉善鎮。臺灣師範大學畢業。曾任教員、經濟部臺鹽總廠科長、和信興實業公司經理、新竹玻璃廠機要祕書、光寶及旭麗、群光電子公司主任祕書、漢東文化公司董事長。曾獲中國文藝協會文藝獎章、警總文藝創作獎。著作有詩集與散文。

沙糖橘

◆余光中

小不盈握，一只沙糖橘
表面青黃不接，外交似非所長
偶有斑點，暗示造化的滄桑
剝開了，卻長得非常認真
一律八瓤，像是在平均分省
吐出蕞爾的幾粒種籽
筋絡交接，自成經緯的系統
但地軸一線卻中空成縫
北極一眼可望穿到南極

地心的祕密不過是虛心
這麼精巧的空間別有天地
組織完備像列支登斯坦
應有盡有的小公國，幾乎
難容我笨拙的手指試探
儘管它大得已足以自誇
小人國特大號的南瓜

原刊《文訊》三六五期（二〇一六年三月）

余光中（一九二八～二〇一七），美國愛荷華大學藝術碩士。曾任中山大學外文系教授兼文學院院長。一九五三年與覃子豪、鍾鼎文、夏菁、鄧禹平等共創「藍星詩社」。曾獲時報文學獎、吳魯芹散文獎、吳三連文藝獎、圖書金鼎獎主編獎、國家文藝獎、行政院文化獎等。著作包括論述、詩、散文，並有翻譯及主編等計七十餘種。

過年喜樂詩（十二首）

◆杜潘芳格

轉外家[1] 滿女留下[2] 芳郁花。
戴紅帽 行上行下 元初二。
大紅花 唔驚寒冷 開十蕾。
戴笠嬷[3] 曬日頭 啄目睡个[4] 老人家。
老梅樹 嫩枝開花 滿樹香。
桃花開 真像美女 貴婦人。
大紅包 強攏入去 捽落去。
冷颼颼 春天到今還吂來。
創客詩 辭典扁到反滾斗。[5]

紅杏花　高高枝上　迎春光。
西北風　吹去烏雲　露陽光。
花一蕾　遙遠芬芳　告新春。

註：

1. 外家：娘家。已婚婦女稱自己父母的家。
2. 滿女：稱謂，指最小的女兒。
3. 笠嬤：漁夫、樵夫和農夫所戴，用來遮陽防雨的斗笠。
4. 啄目睡：打瞌睡。形容人打瞌睡時頻頻點頭，猶如鳥類啄食一般，故言之「啄目睡」。
5. 扁到：同「反面」，將書籍翻轉至另一面；「反滾斗」，翻筋斗。

原刊《文訊》二八二期（二〇〇九年四月）

杜潘芳格（一九二七～二〇一六），為「跨越語言的一代」詩人。新竹高等女學校（今新竹女中）畢業，臺北女子高等學院肄業。曾任新埔公學校教員，歷任臺灣文藝社長、女鯨詩社社長，並為「笠」詩社同仁、臺灣筆會會員。早期以日文寫作，加入「笠」詩社後開始發表中文作品，一九八〇年代提倡客語創作。曾獲陳秀喜詩獎、客家貢獻獎、臺灣新文學貢獻獎。著作以詩為主。

地址本

◆辛鬱

不是豪宅
亦非華廈
小小的地址本裡住著
我的一群朋友

他們烹飪文字的佳餚
調製色彩與線條的美酒
煎炒甜酸苦辣
這人世各等滋味

一個個住白了頭
在這小小的空間
他們的一舉一動
嘻笑怒罵　常與我相伴

而今一個個開始遠行
去一個不知名的所在
每當我想與他們見個面
地址本成了最親的媒介

一

在地址本上他紋風不動
真希望他突然站起身
信手捲一張報紙　作筆

蘸生命的墨水畫一幅山景
「你還好嗎？」這話頭
已多年說不出口
可是我心中明白
他心裡會有我在

有些話要怎麼說呢
在那天　最後一次面對面
他的臉安詳一如往昔
我抖動嘴角漏出：好走

僅僅兩個字送他遠行
但在我破損的地址本上
他好端端的打坐入定

與半世紀前初識時一個模樣

二

嘴角微微一歪
他又有了新點子
在詩裡他總是布設
迷陣　讓人費思量

地址本上的他
電話號碼改了好幾次
而他是不習慣撥電話的
他獨自遊走想心事

善飲而有酒無類
一旦喝到五糧液

過了量
他的眼角總是濕濕的

原來他也是一個
戀家的漢子
他常在詩裡
搜尋最後的歸宿

三

用了四十多年的地址本
早已老態
許多個「他」都沉在
記憶黑甕底

有時候　一個高個子

會從黑甕底
躍出　用鄉音
叫我的名字

那腔調
總是那麼繞耳
那麼親切的叫人聽著
神傷

我知道他一生不服輸
只是超支了心力
他倒在他的工作上
心有不甘

四

在他的名字下面
有一條醒目的紅槓
我已忘卻
這紅槓有什麼含意

一天有客來訪
帶來了一瓶金門「陳高」
我突然想起
他名下那條紅槓

哦　我已經不在
人世遊蕩　為了酒
他把自己的身軀
撞掛在一棵街樹旁

紅槓是一個警訊
而地址本上的他
還活生生的對我
不知意味什麼的　暗笑

五

地址本裡住了四十多個人
有些擠
而他們都曾以體溫
互相取暖

時間冰冷
走著它自己的路
不會留意　也不會在乎
哪一位先從本子上遠走

唯我　常翻看這地址本
尋朋友蹤跡　獨品時間的無情

原刊《文訊》三二〇期（二〇一一年八月）

辛鬱（一九三三～二〇一五），本名宓世森。一九六九年結束軍旅生涯後，歷任《科學月刊》業務經理、叢書主編、社長、主任祕書，推廣科普叢書長達三十五年。擔任過《創世紀》詩刊社長與總編輯、《人與社會》雜誌主編、《國中生》月刊社長兼總編輯。曾獲國軍新文藝長詩金像獎、中山文藝獎新詩獎、中國文藝協會榮譽文藝獎章。著作以詩為主，兼及論述、散文、小說等共十餘種。

止酒二十行

八十九歲生日遙寄劉敏瑛臺中兼示黑芽

◆周夢蝶

儘痴痴等黃河之水之清到幾時？
愈老愈清愈醇愈辣而有風調：
五十八度的我，蹲在
一百一十六度的甕底，頻頻
復頻頻呼喚再呼喚你：
只賸一半了！
真的，只賸一半了！
一半是多少？有幾個一半？

淵明陶公有止酒詩
卻不止酒。忝為陶公私淑之門牆如不敏
庸敢冒天下之大不韙
而止昔賢之所不能止？

從來飲者與聖者與大道與青天
總一個鼻孔出氣；
而詩心與天地心之萌發
應自有酒之日算起——

酒有九十九失而無一好。
是誰說的？舌長三尺三寸
酒德頌作者之渾家？
嚇！婦人之言如何信得？

原刊《文訊》二八一期（二〇〇九年三月）

周夢蝶（一九二〇～二〇一四），本名周起述。一九四七年參加青年軍並隨軍隊來臺，退伍後加入「藍星詩社」，一九五九年起在明星咖啡館騎樓下擺設舊書攤，並出版詩集《孤獨國》，奠定詩壇地位，直至一九八〇年因胃病結束營業。曾獲中國文藝協會新詩特別獎、笠詩社詩創作獎、國家文藝獎、中國詩歌藝術學會詩歌藝術貢獻獎等。著作以詩為主，另有散文與尺牘集。詩集《孤獨國》於一九九九年獲選為「臺灣文學經典」。

留言

◆岩上

不論距離多麼遙遠
只要在磁波範圍下
按一按
不用手寫，這是手機
留言
……可以隨時隨地講
留不留
已不重要

現代人只想講給人聽

因為不能面對面
才留言吧
可被拋棄的言語
留給
要或不要聽的人

只是把要說的言語
留下
被擱置於未知的一點希望

如果不在手機裡留言
何處可以隨便說話？
車站嗎？對路人嗎？

那早已消逝了的
阿公阿嬤約會錯過的
記憶
曾經記錄在車站的
留言板
寫給眾人都可看的
誰看過？

原刊《文訊》二九四期（二〇一〇年四月）

岩上（一九三八～二〇二〇），本名嚴振興。逢甲大學財稅系畢業。曾任中、小學教師、《南投青年》總編輯、《笠》詩刊主編。一九七六年與友人創辦「詩脈詩社」，主編《詩脈季刊》，曾為臺灣兒童文學學會理事長。曾獲吳濁流文學獎、中興文藝獎章、中國文藝協會文藝獎章、南投縣文學獎、榮後臺灣詩人獎等。著作有論述、詩和兒童文學十餘種。

河居

◆林佛兒

我新居在臺南運河邊，鳳凰木在冬天葉子落盡
祇剩結疤的種子，在風中搖曳著靜默的枝椏

對岸的公園有三棵大榕樹，工程車正在整地
疏濬運河，所以人影幌動，樹影不離

晨霧迷離，在河上漾起一層水煙，恰似童年夢境
旭日初露一道道的光束，從對岸高樓升起像黃金微溫

黎明前與黎明後在河畔有不同的景色，我細細觀察
首先麻雀吱吱喳喳來叫醒，接著白頭翁踮在枝頭探春

白鷺鷥貼著水面飛翔倒影成雙，白色的身影
仿若出水的仙子。而燕子呢，在路上迎風疾飛，穿梭如箭

一尾豆仔魚好像在練習空中跳水，用三級跳的姿態斜刺，
完美的落水激起的漣漪，從小圓而大圓而消失　靜止

美好的一日告終　晚間以閱讀和寫作自娛。深夜熄燈，惟
窗外一盞路燈，與二樓齊高，關也關不掉。

原刊《文訊》二八三期（二〇〇九年五月）

林佛兒（一九四一～二〇一七）。曾任《皇冠》、《王子》編輯，先後創辦、主編《仙人掌》、《火鳥》、《龍族》、《鹽》、《臺灣詩季刊》、林白出版社、《推理》、加拿大華文寫作協會。曾任《推理》雜誌發行人兼社長、《鹽分地帶文學》雙月刊總編輯。曾獲中國文藝協會散文獎章、全球中華文化薪傳獎文學類獎、府城文學獎特殊貢獻獎。著作有詩、散文、小說等十餘種。

太空人

給陳建忠

◆林梵

建忠在平安護理中心
綁著身體立起來復健
心頭為之一震
我彷彿見到正要出發
到外太空探險的太空人
建忠，身體被困住
心神還是靈光
向我眨眼示意

探索了生活的地面
換個角度，到外太空
回看地球，我們的老家
大海洋與大陸交匯的地方
有我們的臺灣
我們心愛的土地
與勤勞的人民
多年超過負荷的工作
我們也是為了斯土斯民

腦筋轉動
血液逆衝
清楚方向與目標
朝不可知的地方
繼續飛行前進

時候到了，自然
解凍僵硬的肢體
重新起身活動
將遙遠異空的訊息
帶回母土地球

現在以眼示意
懷抱愛的希望
朝不可知的遠方
前進，前進，再前進

二〇一七・四・二十七 搭高鐵回臺南途中

原刊《文訊》三八〇期（二〇一七年六月）

林梵（一九五〇～二〇一八），本名林瑞明。臺灣大學歷史學碩士。一九九九年與呂興昌、陳萬益等學者於成功大學成立臺灣文學系所。二〇〇三年出任國家臺灣文學館籌備處首位主任。曾獲金鼎獎、府城文學獎特殊貢獻獎、賴和獎紀念獎、臺灣文獻研究獎等。著作以論述、詩為主，兼及散文、傳記，並編有《賴和全集》等多部重要史料與作家全集，畢生對於臺灣文學與史學貢獻良多。

灰的重量

◆洛夫

一粒灰塵
有多重？

這得看擺在哪裡

擺在屠夫的刀上很重
擺在高僧的蒲團上則輕

至於不經意落在我衣帽上的

撣掉
就好

原刊《文訊》二九八期（二〇一〇年八月）

洛夫（一九二八～二〇一八），本名莫洛夫。淡江大學英文系畢業。《創世紀》詩刊創辦人之一，並擔任總編輯數十年。一九九六年移居加拿大溫哥華。曾獲時報文學獎推薦獎、中山文藝創作獎、吳三連文藝獎、國家文藝獎、中國當代詩歌獎創作獎、中國文藝協會榮譽獎章等。著作以詩為主，兼及論述、散文與翻譯，計有四十餘種，並被譯成英、法、日、韓、荷蘭、瑞典等文。

詮釋／我不知道

◆夏菁

詮釋

玫瑰詮釋了夏季
岩石詮釋了愛情
流水詮釋了歲月
死亡詮釋了生命

詩，詮釋了我自己

註：這首小詩，寫在我將要出版一首自傳性的抒情長詩〈折扇〉之前。

我不知道

為什麼要寫詩？我不知道
鳥為什麼要飛？雲為什麼
要飄？春天為什麼又來到？

我不知道，為什麼要寫詩？
是排遣冬日懨懨的無聊
或是，為我的存在寫照？

為什麼要寫照？我也不知道
也許，存在就是要不斷創造
上帝的新葉子，我的新詩

從周遭冷冷厚厚的雪地裡

我的一股按捺不住的詩意
像鬱金香頂出了凍泥

二〇一〇．三．六

原刊《文訊》二九六期（二〇一〇年六月）

夏菁（一九二五～二〇二一），本名盛志澄。美國科羅拉多州立大學森林和集水區研究所碩士。為「藍星」詩社發起人之一，曾主編《藍星》詩頁、《文學雜誌》及《自由青年》之新詩。曾任農復會技正，為聯合國糧農組織水土保持專家，退休後曾任美國科羅拉多州立大學教授。著作有詩、散文共二十餘種。

你去了那兒

懷念亡兒小嵐

◆張健

你去了那兒
你落在何方
有人說一片海灘
有人說一場夢幻

生命本是蒼蒼茫茫
三十四年前
你呱呱墜地
我和你媽呵呵歡迎你

你成長，你勃發
你像一株絲柏
直立在原野上
臨風搖曳

當暴雨來襲時
你受到嚴重的斫傷
我汗顏愧疚
沒有成為一道庇佑的堅牆

那些美好的作業
那些光燦的創造
都已隨風而逝
而你的身影依然清晰如故

我彷彿又看見
你來我的住宅
為我勞動服務
整整三個鐘點

我恍惚記起
我倆同遊鄰居的小學
一起坐搖椅
像一雙兄弟

你是一片嵐
高高在山巔
你是一陣風
悠悠在身邊

你去了另一個世界
拋開這醜惡的人間
我已向爹娘懇求：
在天國照顧小嵐。

原刊《文訊》二八七期（二〇〇九年九月）

張健（一九三九～二〇一八）。臺灣大學中文系碩士。曾任《藍星》詩頁、詩刊和《海洋詩刊》主編，《現代文學》編委，任教臺大中文系三十多年。曾獲新聞處優良著作獎、詩教獎、大陸出版優良著作獎等。著作包括詩、散文、小說、文學論述等計一百餘種。

櫻子

◆莊柏林

一日將盡
經過多少的歲月
不論音樂或山長
已經掌握了
還是失去

不定的風
也是不定的雨
還是移不開的視線

面向稀薄的光影
櫻子的故事
完整講過一遍
纏綿的一生

氣溫上升抑降低
夢的圍城
沒有固守的幸福
無人的子夜

原刊《文訊》二九九期（二〇一〇年九月）

莊柏林（一九三二～二〇一五），臺灣大學法律系畢業，日本明治大學民事訴訟法研究。曾任臺灣高等法院簡任法官、律師、淡江和文化大學教授、考試院典試委員、司法院審議委員、臺灣國辨公室監察長、國策顧問。一九九一年任「笠」詩社社長。曾獲南瀛文學詩獎、鹽分地帶新文學貢獻獎、國際青商會薪傳獎。著作以詩為主，一九九〇年投入臺語文創作。

詩刊封面印象

◆陳千武

在臺灣　維持四十五年不斷發行的《笠》詩刊
翻看其第二三二期至二三九期的封面
赫然告訴我們：
——在獨裁專制時期　還未感覺精神鬱結黑暗
反而　戒嚴解除　自由民主來臨　卻有詩刊封面
變黑灰……
這　是不是政治敏感引起的　雞皮疙瘩？
長期受過不明不白的殖民愚民政策　指桑罵槐

誤信　必須強迫治療才會醫好害怕慌張
　怨恨與鬥爭的布教傳道
　智識與論理棍棒亂揮
蒙蔽了純真愛心與情感的生命……
麻痺了自己難認知的存在價值……

以看透了的教訓喻語寫詩　寫出窮極奢麗的
空泛論理　迷迷糊糊　走進藍綠分不清的花園去
讓人摸不著頭緒　失去了人本應有的趣味
以及勇氣　默默度過　超世紀的誘騙同化教育
讓人無法判斷黑或白的實踐能力——

竟使堅持了四十多年
本土淨域的《笠》詩刊
採取　塗成黑灰的封面呈現

是不是也屬於流行的政治手腕　一種騙局？

原刊《文訊》二八五期（二〇〇九年七月）

陳千武（一九一二～二〇一二），本名陳武雄。為「跨越語言的一代」詩人。臺中一中畢業。曾任職林務局八仙山林場，歷任臺中市立文化中心主任、文英館館長。笠詩社發起人之一，創辦《笠》詩刊與擔任主編。曾獲首屆笠詩翻譯獎、吳濁流文學獎、首屆榮後臺灣詩人獎、國家文藝獎、日本翻譯家協會翻譯特別功勞獎等。著作有論述、小說、詩集等六十餘種，及翻譯作品二十餘冊。

懷念《明天》

參觀「臺北文青生活考特展」後感

◆麥穗

我們曾經同飲未來之果釀製的美酒
配以詩的狂熱與友情的真誠
沉醉於明天
醉得自在

九個狂徒用鐵筆沾著心血
耕作一片小小的鋼的花圃
雖未在這方園地上綻放奇葩
但曾在詩的領域中放出過異香

此後
秦松到紐約去畫異國的風景
望堯去烽火中的西貢創業
寒星在北美依然以粉筆謀生

還有
季予離開東海跨足航業飄泊四海
丁穎去神州發展不幸鎩羽而歸
如憶、余靜、秦嶺成了斷線的紙鳶

如今他們
有的埋骨異鄉有的行蹤不明
只有寒星偶而越洋訴訴離情
丁穎每月在三月詩會裡敘舊

將近一個甲子了
九支勇健的詩筆衹剩下兩管
佝僂著腰還在耕耘明天淺酌未來
堅持在那方曾經播種理想的田園

二〇一三·四·十三晚於烏來山居

後記：

本（二〇一三）年三月十五日起，臺北市政府主辦、文訊雜誌社執行的「臺北文青生活考特展」，在臺北市中山堂光復廳展出。展出前曾徵求早期文藝青年手刻鋼板油印刊物供展。回憶早在一九五六年，一群對詩狂熱的青年，包括秦松、吳望堯、丁潁、李如億、寒星、季予、余靜、麥穗、秦嶺共九人，組織了一個「明天藝文社」，出版油印詩刊《明天詩訊》，由上述同仁輪流刻鋼板油印。時隔五十七年，人散物廢，筆者雖保存一份合訂，不料山居潮濕，油印本破損碎裂，衹剩單張，幸丁潁兄手頭保存若干期，送文訊雜誌社展出。近一甲子的陳舊油印本，能呈現在物質文明極其發達的現代青年眼前，也可告訴他們在物質貧乏艱困的年代，我們是如何克服困難的。在參觀過展覽後，感觸良多，特以詩抒之。

原刊《文訊》三三二期（二〇一三年六月）

麥穗（一九三〇～二〇二三），本名楊華康。中華文藝函授學校詩歌班結業。曾任《勞工世界》、《林友月刊》、《詩歌藝術》主編，《秋水詩刊》、《新詩學報》、《布穀鳥》兒童詩刊編輯委員，新詩學會與中國文藝協會副祕書長。曾獲詩運獎、中興文藝獎章、中國詩歌學會詩歌創作獎章等。著作以詩為主，並致力於臺灣詩歌史料的搜集、整理和研究。

雁聲

◆童佑華

戍鼓斷人行，邊秋一雁聲。
——杜甫

秋
緊咬著　雨的腳踝
悄悄飛上了
樹梢枝頭
怎奈
「寒露未臨」青葉大多不理不睬

在我年少時候午夜睡夢中
故鄉深秋的天空
常常聽到一兩聲　嘎、嘎！
雁群向南飛渡
細語著　長途跋涉的
艱辛

此地非霜雪北國
漫山遍野樹木花草
四季豔麗生機盎然
看不見也聽不到
南來的　雁群　幾曾
回歸　北返？

註：群雁飛空，行列整齊如一字或人字形。秋分後南渡，春分後北返。故稱候鳥。

原刊《文訊》三三〇期（二〇一二年六月）

童佑華（一九三二～二〇一二），筆名童心、童非。一九四九年前後以幼年兵身分隨軍來臺，先後就讀臺南商職、高雄商專、軍校，畢業後於嘉義等地駐防服勤，退役後考取公職。曾參與中華民國新詩學會、秋水詩社、幼兒詩苑等。著作以詩為主。

書懷二首

◆楊震夷

將去瘤（東冬通）

稻粱耜倦嘆無用，暮色殘軀陷疾叢；
筆墨縱情親西聖，痴癲伴藥友壬公。
三摩妙諦消疼障，二豎周身亂竄攻；
秋後腰傷猶未愈，月前語咽困瘖嚨。
多番診斷為喉癌，異口同申劇毒癰；
螢幕形容如赤鑽，聲門狀態似青螽；
韶光數十共餐飲，手術剎那復始終。

余具器官捐贈世，人拋惡瘵烈炎中；
冬陽燦爛疴牀暖，淨域紅塵百慮空。

未是艸
甲午小雪後三日燈下

去贅書懷

瘖疾入住醫院，以雷射手術切除喉癌，歷一周醫治出院，守默靜養，定期回診觀察待痊。

「有形皆是假，無象孰為真？
悟到無我處，梅花滿四鄰。」（註）
丏僧名詩炯，牽痴出霧津；
無形情可貴，有象物同塵。
親友慈恩篤，諸師術德珍；
良醫刪惡瘵，朽木倖逢春。

昨癌偕余咎，今余捨癌新；
形神延瞬息，自惜歲寒身。

未是翀
甲午冬至前夕

註：此詩為「洞庭丐僧」句，見拙著《太一詩魂》。

原刊《文訊》三五五期（二〇一五年五月）

楊震夷（一九二七～二〇一九），本名楊濟賢。曾任國防部上校政戰參謀官、華視出版社兼《華視週刊》總編輯、《臺灣新生報》副總編輯及主筆、行政院文建會委員。曾獲中興文藝獎章、韓國小說家協會文學獎、中國文藝協會文藝獎章等。著作包括散文、小說、傳記。

山中黃昏

◆楊濤

那層層疊疊的山
那高高低低的樹
那幽谷
那流泉
都在畫中
風說：
歡迎你、稀客
雲說：
我想擁抱你

彩霞抛開
　漫天的大網　要
網住落日
早出門的月亮
　板起一張灰白色的面孔
　冷眼旁觀
杜鵑花笑了
笑得脹紅了臉
老松樹也忍不住
笑彎了腰

原刊《文訊》三二三期（二〇一二年九月）

楊濤（一九二七～二〇二〇），警校第二十三期畢業，國家乙等特考及格。曾任警佐、美術教師、葫蘆出版社總編輯、《新文壇》社長、中國文藝協會南部分會、高雄市文藝協會、高市青溪新文藝學會理事長。曾獲國軍新文藝獎、教育部文藝創作獎、教育文化獎章、青溪新文藝獎。著作包括詩、散文、小說、劇本等三十餘種。

雕刻自己的刀子

◆管管

他雕刻自己！
他把自己一刀一刀的刻著，一刀一刀的，天天刻著，夜夜
刻著，專心的刻著，忘吾的刻著。
刻完肉，再刻骨頭，把骨頭刻完，再刻靈魂！
只剩下一把刀子，一把雕刻自己的刀子！
他笑了！
作品就在那兒！他是一把刀子？
絕不是一把刀子！

原刊《文訊》四〇三期（二〇一九年五月）

管管（一九二九～二〇二一），本名管運龍。通信兵學校軍官班畢業。曾任排長、參謀、軍中電臺記者、節目主任、編輯、《民眾日報》出版部主任、創世紀詩社社長。《水星》詩刊創辦人之一，一九八二年應邀至愛荷華「國際作家工作坊」訪問。曾獲香港現代文學美術協會新詩獎、中國現代詩獎。著作包括詩、散文及繪畫等十餘種，並多次參與電影、電視、舞臺劇演出。

樹的舞姿

◆蓉子

透過我明淨的玻窗
突然看到樹群正隨著風的
節奏翩翩起舞　她們
前俯後仰　左搖右擺
越舞越快　狂風大作時
就像要釋放出心中的激情

當風勢漸緩

樹群也不再呈現出那狂野又
躁急的姿容
只優雅地輕舞著
一片自在自適的青翠

時而風聲全然啞默
樹幹穩立如山丘
促使千萬依附著它的葉片
既不點頭稱好也不搖頭說否
就是如此無語地靜靜坐著

原刊《文訊》三八二期（二〇一七年八月）

蓉子（一九二八～二〇二〇），本名王蓉芷。世界藝術文化學院榮譽文學博士。曾任職交通部國際電信管理局、東海大學、高雄師範學院文藝創作研習班。曾獲頒菲律賓總統金牌獎、國際婦女桂冠獎、世界詩人大會傑出詩人桂冠獎、國家文藝獎、中國青年寫作協會首屆文學成就金鑰獎、中國詩歌藝術學會詩歌藝術貢獻獎等。著作以詩為主，兼及散文、論述等二十餘種。

現代詩的啟蒙者

懷念葉泥先生

◆趙天儀

綠原的《童話》
曾經是楊喚的啟蒙讀物
葉泥的《楊喚的生平》
曾經是楊喚童詩的傳播者

當紀弦說現代詩的火種是他帶來的
鍾鼎文說：「那我們算什麼呢？」
他說以「藍星」來象徵
每一位詩人占有一個天空的星座

葉泥評介里爾克、紀德
譯介日本岩佐東一郎
以及古爾蒙的田園詩
那一系列的給西蒙的情詩香頌

您以《現代詩》的輔佐者支持紀弦
您以《藍星》的摯友支持覃子豪
您以現代主義的火把投入《創世紀》的革新
您是《南北笛》、《復興文藝》戰鬥的夥伴
您是《笠》的諍友，諄諄善誘的長者

二〇一一．八．八

原刊《文訊》三一二期（二〇一一年十月）

趙天儀（一九三五～二〇二〇），臺灣大學哲學系碩士畢業。曾任臺大哲學系教授及代理系主任、國立編譯館人文組編纂、臺灣兒童文學學會理事長，於靜宜大學歷任中文系、生態所、臺文系教授、文學院院長、臺文系講座教授。「笠」詩社創辦人之一。曾獲巫永福評論獎、行政院文建會文耕獎、大墩文學獎等。著作包括論述、詩、散文和兒童文學等三十餘種。

水泥森林

◆謝馨

夏娃亞當苦尋伊甸翠林
七賢高士難覓幽深竹林
一座座、一幢幢、一叢叢出現的
是巍巍矗立的水泥森林——十二層
十六層、三十二層、八十層
壹佰零壹層、壹佰零貳層
　　　　高
　　　　　　更高
還要高……像堡壘、像巨無霸

像雲中君……冷峻、肅穆、酷……

是誰創出那第一個模式？
是誰劃下那第一張藍圖？
是解構分裂、形象怪異
立體派的畫風？
是晦澀詭譎、虛玄奧妙
現代詩的文字？
是節奏離譜、噪雜刺耳
敲打樂的音響？
是軟體硬體、文明科技
是時空運轉、潮流沖激
無休無止、永不停留……

且讓惶惑迷亂的心寧靜下來

且安閒地坐在觸及雲霄的樓中樓
欣賞一曲維也納森林
交響樂清幽的旋律
品嚐一塊黑森林
蛋糕甜美的滋味

原刊《文訊》三六七期（二〇一六年五月）

謝馨（一九三八～二〇二一），國立藝專影劇科肄業。曾任臺北正聲廣播電臺廣播員、空服員、菲華文藝協會理事等。長居菲律賓。曾獲二〇〇二年臺灣僑聯海外詩作首獎。作品以詩為主，另有散文及翻譯。

梅河滄桑懷周瑜　七絕二首附序

◆鍾鼎文

前漢西蜀郡守文翁、三國東吳都督周瑜，皆吾邑安徽省舒城縣人氏，其祖居皆在邑之西南山區。該地有梅河鎮，為山區茶、漆、桐油等大宗外銷產品集運地；商賈雲集，市廛繁華，抗日期間，為戰時縣治。鎮外有梅山，上有周瑜祖塋，雄據山川，饒具氣勢，人稱周氏發墳。予幼年過是處，曾口占一絕，少不更事，為「演義」所誤，對周郎氣度略有微辭。後讀史、讀志，始悉周郎學養深湛，氣宇恢宏，文韜武略，無多讓於諸葛，倘天假以年，歷史殆另一面目。現梅河地區築成水庫，一片汪洋，市鎮不復存焉，予未返鄉，未睹滄桑之變；惟思情景，不勝今昔之感！文建會第二處前處長王心均先生轉下四川省南充市陳壽三國志研究會及果州詩社編印《三國遺韵》徵稿啟事，以傳統詩詞為限，囑執筆應徵，共襄盛舉。茲謹追錄少作口占，復綴二十八字，併請心均先生轉呈果州詩社諸詞長郢政，如蒙不棄拙劣，叨附大雅驥尾，忝列遺韵帙末，藉以紀念鄉先賢，則幸甚矣。

訪梅河、懷周瑜 少作、時年十七

文翁故宅今何在，公瑾祖塋此地留。
休怪周郎差氣量，梅河水淺不行舟。

弔梅河、懷周瑜 近作、時年八十

人間無復舊梅河，雲水茫茫萬頃波。
滄海桑田經世變，周郎意氣久消磨。

皖舒 鍾鼎文 未定草

一九九四年元月臺北

原刊《文訊》三三〇期（二〇一三年四月）

鍾鼎文（一九一四～二〇一二），本名鍾國藩。日本京都帝國大學社會學科畢業。曾任《自立晚報》及《聯合報》主筆、臺北市民營報業聯誼會祕書長。「藍星詩社」創辦人之一，籌組中華民國新詩學會與世界詩人大會，並任世界藝術文化學院院長。曾獲中山文藝獎、國際桂冠詩人獎、中國文藝協會文藝獎章、世界華文文學終身成就獎等。著作以詩為主，兼及論述約十餘種。

乾河

◆藍雲

軀殼雖在
情懷不再
一路歌吟的日子化煙去
徒留枯槁的形象不勝哀

曾經一派靈動的你
不復曼妙多姿的儀態
波光粼粼的畫面
已被荒野蔓草取代

槳聲　帆影如夢般，俱往矣
不再見到垂釣　嬉水的人來
你暗自感嘆：命運於你何其殘酷
千江有水，獨你忍受乾涸之害

乾河，乾涸了的河
你的名字道出你何其無奈
有如寫不出詩來的人
而被稱為詩人一般的感慨

原刊《文訊》三三四期（二〇一三年八月）

藍雲（一九三三～二〇二〇），本名劉炳彝。省立花蓮師範專科學校畢業。曾任中、小學教師、《葡萄園》詩刊總編輯、《乾坤》詩刊創辦人兼總編輯。曾獲中興文藝獎章、教育部詩教獎、詩歌編輯獎、文藝工作獎。著作以詩為主，共十餘種。

詩國藝術世界絕世的愛

◆羅門

蒙娜麗莎
你是繽紛燦爛的春
　激情狂熱的夏
　金碧輝煌的秋
　純淨潔白的冬
在大自然　留下完美的容貌
在宇宙　留下永恆的形象
穿越美女們馨香的髮林
夢遊過美女們光潤的乳峰

在愛琴海之外的愛琴海
你是歲月不變的航向
　　最終的港灣
以較天地線還要長遠的想像
　將日月拉過來為你打造指環
用所有之外的所有
　把所有的美都買來
為你建構一個美在
　所有世界之外的世界

沿著音樂家的聽道
　畫家的視道
　詩人的心道
一路揮灑出「九大藝術」之光
鋪成藝術王國的紅氈

亮開天堂所有的燈
在眾神之外的美神面前
宣誓愛在所有的愛之外的愛
你我四目相望　兩心相連
我右手握住你的完美
　左手握住你的永恆
相吻時　吻開了天地的門
洞房是神奇美妙的無限時空
我們拿著造物頒賜的通行證與信用卡
便天長地久渡不完的蜜月去
那是永不終止的「詩之旅」
　　　　「藝術之行」

原刊《文訊》三〇四期（二〇一一年二月）

羅門（一九二八～二〇一七），本名韓仁存。曾任職民航局，為藍星詩社社長、世界華文詩人協會會長，與蓉子合編《藍星詩頁》，一九七三年獲得世界藝術文化學院榮譽文學博士學位。曾獲菲律賓總統金牌獎、藍星詩獎、世界詩人大會傑出詩人獎、教育部詩教獎、時報文學新詩推薦獎、中山文藝獎等。著作以詩為主，兼及論述約四十餘種。

Prose
輯二・散文

散步植物園

◆子敏

星期日下午，陪太太到植物園散步。

我喜歡看園景，她喜歡看植物。看到一處園景，我就會想起年輕時代跟那景物相關聯的輕狂往事，一心一意想搬出來説給她聽。看到一種植物，她就會想起跟這植物有關的童年往事，忍不住絮絮叨叨的全盤搬出來説給我聽，一點細節也捨不得放棄。我們都是屬於「回憶型」的人，而且很熱心的認為在談天中自己應該有些貢獻。

散步和談天的結合是很自然的，只是步子要邁得慢，話也不必多。我們明明知道散步要保持的是閒適的心情，但是我們的散步卻洋溢著表達的熱情。我們的談天像是一場「貢獻」的競爭，善意中有些敵意，敵意中滿含善意。

我們散步的路徑是由家裡走到巷口，再由重慶南路三段逆向走上二段，然後左轉，踏上寧波西街，再右轉，就是泉州街。幾十年前的泉州街總是那樣寧靜乾淨，現在也是這樣，不同的是，現在的泉州街已經看不到牛車。

幾十年前，我二十歲出頭，每天早上都在現在站立的地方等著坐牛車上班。牛車很多，一輛接一輛的來。我挑選樣子和氣的駕車人，說一聲「早」，再笑咪咪的加上一句「坐坐你的牛車」，就算有了交代。駕車的農人會稍稍挪動位置，讓我坐在他身旁。牛車慢吞吞的走著，把我送到南海路的《國語日報》去上班。那真是一個人人可以享受「慢」的年代。

我熱心的把這一切說給她聽，包括數不清的細節和說明。我的敘述加上議論，變得沒完沒了，完全溢出「點到為止」的範圍，直到我接觸到她「能不能盡量精簡」的眼神，才警覺到自己的獨白，已經嚴重侵犯了她敘說往事的權利。

建國中學大門口的馬路對面，幾十年前是日本人的「建功神社」，是用來祭祀對戰爭有功的日本軍人。正當中是一條參拜大道。參拜大道的兩側，古木參天，落葉遍地。參拜大道的盡頭有一座水泥白橋。白橋的兩邊是水池，池裡種的是睡蓮。白橋的盡頭，現在是一座大樓，這是後來中央圖書館蓋的。穿過大樓下的門廊，就可以看到原本那座有圓頂的神社，中央是正殿，兩旁是側殿。殿前有一個鋪石板的大庭院，庭院當中有一個長方形的噴水池。這個神社，就是從前《國語日報》上班的地方。

這景物同時引發了我們兩個人的許多回憶，因為我們曾經是《國語日報》的同事。但是這一次卻被她搶了先。她伏身在橋欄上看池中的睡蓮，辨認水中靜靜游過的黑色魚群，魚群引發了她對於童年捕蝦的回憶。

童年，她的家為了躲避盟機的轟炸，搬到寂靜的鄉下。她跟姨母和表姊妹，都曾經學過用蝦籠在溪裡捕蝦。天黑之前，她們用石頭壓住裝了食餌的蝦籠，放在水裡，天亮再去收籠，籠裡的蝦就成為午餐桌上的一道菜。

她開始敘述，加上一大堆的細節。在她滔滔不絕的長篇敘述當中，我只能成為聆聽者，不得不也用「能不能稍稍精簡一點」的眼神去注視她發亮的眼睛。

植物園靠近和平西路的一角，有一個竹園，種植了不同種類的許多竹子。竹園的外側是一條小徑，小徑的外側是一個長滿青草的斜坡。斜坡下面有一條彎曲細長的天然水溝像一條小河。這景物現在已經不在，但是這個我叫它「小河邊」的幾十年前的景色，卻突然在我腦中變得鮮明生動。我搶先敘述，不再相讓。

幾十年前，我和一位喜愛寫作的同學，他現在是退休的大學文學教授，我們常常相邀在小河邊談論文學。那時候我們都很年輕，很純真率直。我們的意見常常不合，演變成爭吵。我們往往在就要開口罵人之前突然閉嘴，兩個人同時含怒起身，一語不發的並肩走回宿舍。兩三天後氣消了，才又恢復一向的情誼。

如果我所說的就像前面一段話那麼精簡，那倒還好，偏偏我想說的不止這麼些。我的敘述還剛進行不到所有材料的一半，她已經一再的用「已經夠詳盡了」的眼神向我注視，希望我盡快結束我的長篇故事，因為我們已經來到植物園裡一處我叫它「家常蔬菜」的特區，那裡種了一畦畦的蔥、蒜、韭菜、小白菜……。

我很喜歡這個可以給小孩子一些生活教育的特區，一下子想起我們的三個女兒還小的時候，我曾經一次兩次的帶她們來這裡分辨哪個是蔥，哪個是蒜。幾乎就在同時，她的回憶也來了，比我快了一步。我就像在發言臺上被另一個人奪走麥克風，自己淪為站在臺上的聽眾。

她又想起童年住在鄉下的往事。「一眼望去盡是農田」是她想描寫的場景。她說農家大都沒有上菜市場買菜的習慣，要吃的蔬菜都是家裡自己種。她曾經幫母親種蔥，種菜，提水灌園。她每一樣細節都不肯放過，對於我的「這些細節可不可以省略」的商榷眼神，始終不加理會，我只好很不甘心的擱置自己的回憶。

季節是春天，許多年長朋友都有子女開車，孝順他們上山賞櫻。她卻建議就近去看看植物園裡那兩三棵僅有的櫻花樹。遺憾的是那兩三棵櫻花樹的花兒已經謝了。我看到櫻花樹旁邊有一小片草地，草地上有幾塊白色的大石頭。這一小片草地裡，藏有值得我回憶的一段往事。

年輕時候，我認識一位喜愛談論人生哲學的新來同事，他也很年輕。有一天傍晚陪他上植物園散步，就坐在那片草地上聽他高談闊論。我們從黃昏談到夜深，從暮色四合談到天空露出微弱的曙光。巡夜的警察來了，用手電筒照了照，嚴肅的對我們說：「年輕人，天快亮了，有話回家去說吧！」

我開始興致勃勃的敘說這件往事，對於因為看到櫻花凋零又想起了什麼的她，只好用「對不起」的眼神，為自己無法停下來的敘述，向她表達歉意。

很快的，植物園已經被我們繞了一圈。我們輪番上陣的單向敘述，只好在回家的路上繼續著。我們走出了植物園，卻都沒有這樣的自覺。

不久，終於到了必須掏出家門鑰匙的時刻。我的回憶還沒說完，只好匆匆點上句點。她的回憶還沒開始，但是顯然已經沒有開始的機會。我記掛著一篇寫了一半的稿子，她記掛著也該動手洗米做晚飯。我們只好在打開的大門外相約：「進去吧——下星期日再去走走。」

其實，我們所說的「再去走走」，真正的意思是「再去談談」，再去植物園那個地方接續那些永遠談不完的話題。

原刊《文訊》二八二期（二〇〇九年四月）

子敏（一九二四～二〇一九），本名林良。淡江文理學院英文系畢業。曾任臺灣國語推行委員會委員、《國語日報》社長兼發行人、董事長、國立編譯館國小國語教科書編審委員。曾獲中山文藝創作獎、信誼幼兒文學獎特別貢獻獎、國家文藝獎特別貢獻獎、楊喚兒童文學獎兒童文學特殊貢獻獎、金鼎獎終身成就獎、二等景星勳章等。著作包括論述、散文與兒童文學計兩百餘種。

二八年華

◆丹扉

五十五歲那年，我在《皇冠》雜誌個人的每月專欄「反舌集」內，寫了一篇〈雙五年華〉；那當然是利用中國文學可作多樣性的解釋與趣味，把自己調侃也勉勵了一番；並預定到六十六歲時寫「雙六」，七十七歲時寫「雙七」……每篇之間，相距有十一年之遙，還早得很吶。誰知那兩篇文章根本沒寫就挨到「二八」，越來越只有年無有華了。

「二八」最通俗也最正面的運用是指女子十六歲。如果打混，可以二加八指十歲，又可以用乘法是八八六十四歲，最後才是無可奈何又討人嫌的八十八歲。

回想這長長的一段日子，還真是熱鬧：邀我到臺北共開命館的有之；邀請同上節目一起耍寶的有之；邀約同做連續劇製作人的有之；邀一齊做推銷員的也有……我因為不懂得那麼多而從未對那些工作動心動念，否則恐怕老早不知道在哪兒就半路陣亡了。後來我聽一位女友的媽媽說：「絕對不要去做拉保險和推銷貨品的工作，別人一見到你們就會害怕。」雖然我承認在這些方面工作而大告成功的大有人在，但我絕對不是那種料。

在嘉義女中任教時，偶爾在家寫些短稿投給臺北的報紙或雜誌，居然有一天收到《皇冠》雜誌創辦人平鑫濤來信邀在雜誌上開個專欄，每月定期寫一篇稿交去。我想每月定時要一篇，光陰似箭很快限期就到，多受限制又不自由呀，我又到哪裡去找那麼多題材呢？還是自由投稿比較輕鬆，便回信謝絕了。女中有位比我年輕很多的女同事，有一天到我家來玩得知此事，忽然很正經地對我說：「這種機會人家求都求不到，你居然不要，真是哟！」後來我一想，自己的確「真是哟」，便回信去答應可以，對方也沒生氣變卦。我接連寫了幾年並不覺得辛苦，反而深深慶幸跟不少本來陌生的人交成了朋友。

後來戶長先生調職臺北，貓們（女兒們）的升學趨勢也落在臺北，我便決定舉家北遷，也決定到臺北後不再謀職，要好好休息到處去玩了。

在臺北結識的朋友當中，警察電臺的主播之一李文和我最投緣；有一天她忽然來找我說，《仕女》雜誌的吳林林社長要請我去當總編輯。我對雜誌的編輯工作一點都不懂，跟她去社裡見了社長卻居然就答應了，可見我也不是一個會堅持立場的人。

那段時間我們常聚的朋友除了李文外，還有曹又方、洪小喬、黃麗穗、鄭羽書等。

小喬經常一把吉他在手，隨時都能夠唱出好聽的歌，她自己作詞兼作曲的一首〈愛之旅〉廣為流傳，在報紙上開的專欄「寧為女人」內容也夠精采。但我們這些朋友後來各奔前程，又方殞落，其餘好多人都失去了聯繫。

現在別人問起我的年齡，我除了即時坦誠奉告外，還喜歡加上一句：「跟英國女王伊莉莎白同歲喲！」有時神經較旺盛一點，會再加上：「你看電視上女王站出來的樣子，是不是比我更呆？」如果精神更好，還會再加一句：「跟我們同歲的，以前還有一個好萊塢豔星瑪麗蓮夢露哩！」

原刊《文訊》三四七期（二〇一四年九月）

丹扉（一九二六～二〇二二），本名鄭錦先。南京金陵女子大學中文系畢業。曾任記者、編審、中學教師，後任《仕女》雜誌總編輯、發行人，並曾為世界女記者作家協會理事。曾獲中國文藝協會散文創作獎章。著作以散文為主，有三十餘種。

訪怡之老姊

◆王明書

在美國定居，不會開車的中國老年人很多，因為在臺灣地方小，火車、汽車、計程車四通八達，美國太大，地廣人稀，不會開車，就限制你的行動，幸而科技發達，天涯海角，拿起電話撥個號碼就能聽到你想通音訊的人，許多當面未說的，都可以侃侃而談，我在南加州海邊小城，秀亞大姊住洛杉磯中部的羅蘭崗，比我們距洛城遠個五十分鐘車程，我們之間常通電話，一聊總在半小時以上，有時她忽然警覺——不談了、不談了，下次該我打過去給你。二十多年前，還不流行網路，電話費很貴，她怕我花錢，我說我們節省大半輩子，到老還不為自己花點錢，那又何苦為此虧待自己呢。

秀亞大姊是位非常敦厚、善良的長者，感情上受過很大的傷害，心底積壓的委屈，都會在電話中傾吐出來。我是個好聽眾，對她的為人處世深深感佩，有時也大不以為然

——你為什麼這樣懦弱，你如奮力抵擋，也不至如此地步，真的，如果我去看看她，我會為她拭乾淚水，陪她說說話、談些孩子們如何乖巧、熱愛媽媽，讓她慢慢地抒解開來，但一直都沒有去看她。她去世了，我卻匆匆半夜起身叫兒子開車帶我去參加她的追思會和葬禮，我非常懊悔，有什麼千難萬難不能克服。

由於這件事，使我耿耿於懷，這個教訓使我警覺要做的事絕不可耽延——「我在這世上的日子有限，所有什麼恩惠、工作、服務，我所能給人的，讓我現在就給吧，讓我不再耽延、忽視吧，因為我以後恐怕沒機會再經過這條路了！」——貴格會格言。

要去看看王怡之大姊，是我多年的心願，我住南加州西北濱海小城萬杜拉，她住南加州東南的聖地牙哥——一北一南，比秀亞大姊家又遠一個多小時車程，她一直切盼我能去看看她，她不能走，至少我比她年輕不少，我因有未去看秀亞造成的遺憾，這「前車之鑑」刻骨銘心，再不能忽視，更不敢拖延，她肖兔我肖牛，我已八十五，她整整比我大十歲，已是近百齡的老壽星了。

她屢次來信，那種懇切、熱切的盼望，連我家的老二也為之感動不已，只是擔心我長途坐車太久太累，他自己辛苦一點沒關係。於是我們敲定，說去就去，排除萬難，快快成行以償夙願。

於是我們先到羅蘭崗與德蘭夫婦會合，德蘭的先生是航太退休的高科技負責人，他叫聖珖，聰明能幹，是個好好先生，我們先去參觀了他們的華廈，參觀了秀亞大姊的房間，她真的是坐擁書城，除了書還有畫。德蘭畫，她題字，真是母女合作，相得益彰，因此德蘭除了她的事業，能寫文章能畫國畫，多才多藝。

聖珖是識途老馬，路真長，彎來彎去，迴轉好幾次，若只憑地圖，可是太難找了。

進了怡之姊家的大園子，那真是植物園，奇花異卉，各種藤蔓、花棚、花架，繁花爛漫、繽紛，使人目不暇給，尚未進門，老姊姊已扶著助行架引領多時，高興、激動的一把擁著我，伏在我肩頭說不出話來，她喜極而泣，我覺得真該早來，萬幸彼此還健在，太好了，感謝天父，總算如願以償，不至造成遺憾。

起先一直心中忐忑，路這麼遠，我這麼老弱，我畢竟戰勝一切心理障礙和疑慮，我的老友好友，我的老姊姊啊，我高興的大聲叫：感謝慈愛的天父保佑，讓我這小小的心願能達成！

怡之老姊只育有一女，但她真教我讚嘆，她叫「有鄰」，「德不孤必有鄰」的意思吧，非常精采的好女兒，比十個普普通通的兒子要好得太多，她為了工作，先讀了一個學位，後來為興趣，又拿到一個學位，現在她仍在美國政府機構工作，早出晚歸，她的先生是中東人，我猜是伊朗，高大挺拔，彬彬有禮，見我們來還有幾句字正腔圓的國語歡迎詞——把我們嚇一跳，但只此幾句。他叫「愛德」，對岳母大人孝順體貼，他們的環境很好，大廳、迴廊布置得堂皇高雅，那氣氛使人感到主人不是凡俗之輩，頗有內涵的呢。

一個女管家已伺候怡之大姊十年，做得一手好菜，我們去，她正好要下工回家，她問怡之老姊：「你們倆誰大？」相差十年整竟被如此看，我悚然一驚：我看起來竟如此老邁，憔悴到如此地步嗎？但是，說真話，老姊姊皮膚白皙光潤，頭髮僅花白，我卻每天在陽光下曝晒，滿頭白髮如雪，一張面孔黃中帶黑，看起來的確是她顯得年輕得多。

乍聽起來，的確有點吃驚，定下心來想想，釋然一笑，年輕時說不以為自己有多美，但在別人的目光裡可以明白的感覺出來，不必說，自有領會，當年許多照片，總覺得不好看，後來再拍照片，才知道不知不覺間青春已經溜走，「鏡裡偷嘆年華換」，是不爭的事實。

原刊《文訊》三〇七期（二〇一一年五月）

王明書（一九二五～二〇二三）。臺灣師範大學夜間部國文系畢業。曾任教員、中央婦女工作會編輯，晚年旅居美國。一九五六年開始在《中央日報》副刊發表作品。著作以散文為主。

銘記父親溫暖的愛

◆王牧之

每逢父親節，我總會關上房門擦拭父親遺像上的灰塵；常常擦著擦著，淚水就奪眶而出。如同生日想起母親，心裡自然地會湧現出一種抑制不住的歉疚和深沉的思念。

那年，走在分水嶺上的一九四九。早飯後懷著不安的心情跨出家門；三月的冷風撲面，彳亍地一步一回望；池塘沿岸的楊柳正泛新綠，樹叢裡透現的白牆黑瓦，霎時幻化成小鳥依戀的舊巢，不由得止步轉身，望見村後老樟樹上的一隻喜鵲，正離巢振翅從我的頭頂哇哇地掠過。轉念間再往前走，一壠麥田的盡頭一個揮鋤除草的熟悉身影突然映現在前方，一顆心七上八下地又躊躇起來，然後是啟蒙老師的粉筆在黑板上的叮嚀，聲聲入耳：

「小朋友，記著，百善孝為先，親在不遠行啊！」

這記憶深處的鐘聲，撞擊著紊亂的心弦。怎麼辦？我們要去杭州、上海……有人約我在縣城上車同行。父親不是曾鼓勵我「男兒志在四方」嗎？

於是，我跪伏在路旁，向遠處揮鋤的父親叩別：

「爸，原諒我吧，我這遠行的不孝子！」

從此，我訣別故土，浮槎來臺。一九八九年回大陸浙江義烏探親祭祖，重逢的父親是一張弟弟留給我的滿臉皺紋、清癯衰弱又泛黃的遺照，和村東山頭緊靠祖父母墳墓的一坏黃土。

弟弟說這是父親的遺命：在九泉之下也要為爺爺嬤嬤遮風擋雨。這使我想起母親在我六歲時，轉述二伯父講的一段往事。

母親說：「晚年守寡失明的嬤嬤，幾乎完全依賴你爸的雙手度日；如換洗衣服，整理床被，餵飯遞茶水，甚至梳頭、按摩、搥背……都是一板一眼，盡可能讓嬤嬤的日子過得舒坦些。但他自己卻經常吃剩飯，衣服穿破了補了又補，而且把做零工賺的錢，省下為老母夏天購置竹編涼蓆，冬日添置新棉襖。嬤嬤偶爾生病，請醫生、抓藥、煎藥，你爸從不假手他人；連二伯父要代勞，他也不讓。」

「你大伯父從小就過繼給二房，四十歲後中風。」母親說：「你爸一樣為他延醫付藥費，視長兄如父，每天晨昏定省；婚後並接回家，供養他到六十六歲病逝，為他安葬，請道士做兩天一夜的道場，為他超度。」

母親咳了一聲，臉頰泛著靦腆的紅暈，遲緩了一會，低頭說：「嬤嬤在民國十五年過世，那時我已認識你爸，並且訂了婚；可你爸堅持要守喪制三年才結婚。不止如此，嗜酒和在鑼鼓班唱戲的他，說戒就戒了三年。」

母親述說的，大都是我出生前發生的事；但我信得過，因為直到抗戰勝利後，村人還在傳揚父親的這些孝親事蹟。

也許因為如此，父親婚後開了爿「廣興」南北雜貨店，村內村外有過交往的人，都信賴他；掛在櫃檯邊柱子上的那塊長方形的紅漆木匾——「貨真價實，童叟無欺」的一片誠意，做到近悅遠來。

父親雖只讀過三年私塾，打算盤卻能無師自通，記帳簿通常只記進貨價。父親曾跟母親說，賒欠拖過年的，一定家裡有困難，記它幹什麼？算了。

就是這樣的寬厚仁恕，北伐統一後不久，他被村人擁戴當上無給職的保長，一做就是二十年，不讓他辭職。但戰時兵員傷亡大，須不斷補充新兵；抽壯丁成了保長最頭痛棘手的事。尤其抽到鄰居子弟，平時相處再怎麼和睦，也會反目罵人；父親為此總是低聲下氣，賠不是。

可他納悶不解，好好的承平歲月，實行軍國主義的日本，為何要無端製造掠奪殺人的戰爭？

耿直的父親，有件事也讓我不解。我六歲進私塾，業師是族裡一位通儒學究，但他輩分比我低，說是怕折壽，不接受我的跪拜禮。父親卻說：「一日為師，終身為父。受業弟子，非要下跪叩頭不可。」老師笑笑，「現在是民國，鞠躬就行了。」

父親偏是不依，除了要我向老師行跪拜禮，還要向案桌上的孔子圖像行三跪九叩大禮。

由於父命難違，我只有聽從他，搗蒜似地連連下跪叩首；然後父親拉我起來，露出得意的笑容。

只是讀這家私塾，不到五個月，就因一場病請了長假。醫生說，病是因感冒引發肺炎，約有一星期高燒不退。

父親為我到處求醫，日夜陪著不眠不休，最後賣掉十擔穀子，到三里外的宗宅，請來宗仙仁記中藥房的宗老醫生，把脈後他開了帖壓箱靈藥——犀角粉，我服藥一個時辰後，果然退燒止咳。父親特地向宗醫生下跪致謝，弄得對方很不好意思，連忙彎腰回禮，說治病救人是醫生的責任，如此多禮讓人擔待不起。

但我體認到父親的愛，和待人的真誠。

我九歲那年的十二月，「大雪」後的第二天，他怕我受凍著涼，特地在臨睡前放一隻火籠在被窩裡。許是疲倦睡得太沉，我一伸腿，把火籠踢翻了，使得火籠的炭火倒在床蓆上，燒出一個窟窿；我在火灼中驚醒滾下床，父親聞聲趕到床前把我扶起，一迭聲地問我燒到沒有？在我回神過來答道「沒有」，他才去處理那隻惹禍的火籠，並撲熄了被褥下和床蓆之間的那一小堆炭火。

父親待人處事，始終秉持一個誠與恕的原則。記得蘆溝橋事變前一個月的某日晌午，一個四十開外的男子，牽了一匹黃驃馬，拴在門外左道旁鄰居的後窗下，然後敲門而入，向父親兜售他的駿馬。父親一逕地搖頭婉拒；但留他共進午餐，並送上一碗黃酒。

這個賣馬人，一再誇這匹馬多麼溫馴解人，可供做保長的父親騎乘代步。父親被他逗得哈哈大笑。

「我雖做保長多年，卻無分文待遇，而且是個窮農夫。」父親說：「我買不起馬匹，也騎不得馬——就算你半賣半送，騎出去定會讓人看笑話……」

再次看到馬匹，是在民國二十八年，國軍七九師有位團長，騎馬經過老家畈田王，到鄰村廠車去紮營，讓我想起來，問父親兩年前的那段往事。

父親說：「那匹馬是金華一個農場偷來的；那個賣馬人被查獲坐了一年監牢，出獄後已當兵打仗去了。」

我仰頭側臉問父親：「爸，你怎麼知道？」

「他出獄後，曾來我們家道謝留飯之恩，他說他要洗手去當兵上前線打鬼子了。」父親笑笑說：「其實當時我就看出，那匹馬來路不明！」

「哦，為什麼？」

「他開價只要大洋十五塊。」父親說：「這個價錢，連買頭老黃牛都不夠，何況是匹駿馬——這不太離譜嗎？」

「那為什麼還留他吃飯？」我有些不解。

「我看他猛喝茶水，」父親說：「一定是肚皮餓了。」

我哦了一聲，正待走開，父親自身後摸摸我的頭說：「懂嗎？買賣不成情義在啊！」

這使我想到父親開的南北雜貨店，受人歡迎的道理。

我十四歲時，因戰亂家道中落，不得已輟學跟父親學種田；從犁、耙、耘田到插秧、拔草、割稻，學到不少幹農活的巧門。父親說做事能細心體會，不偷懶、不怕難，是成功的墊腳石。我就這樣按部就班地摸索學步；隔年，經反覆磨練，再不用父親指點，自然有了得心應手的嫻熟感。像搭蓋稻草棚那種需要高度技巧的農活，竟然被村人誇讚說青出於藍，而另眼相看。

不過，父親曾對我嘆氣說：

「你不能一輩子埋在田地裡，這太苦也太委屈了！」

是的，做農事要起早落夜，付出極大勞力和汗水的。尤其插秧後，就得開始看老天爺的臉色；不論是連綿的梅雨季，或是長期的乾旱，都使人憂心打擺子似的氣候帶來的災害。

記得我十六歲那年的六月，乾旱使溪水斷流，池塘乾涸，稻田龜裂，父子倆半夜扛著長達三丈的水車，到西塘的水口搶水；每踩一腳踏板，都得費盡吃奶的力氣，才能拉動龍骨板拍打水面轆轆地戽水上堤岸；而飢腸咕咕地似在抗議體力的過度透支……這樣撐到東方發白，父親下車去看田水，只見他一逕地搖頭，想見戽上來的這點水無法滿足乾渴過久的稻田……。

父親說：「下來吧，你娘該煮好粥了；回家喝碗熱粥暖暖身，該多歇息一會了。」

從早季深夜車水的辛勞，我體會到做一個農夫所承受的壓力，是多麼的沉重！自然，我也想到父親幾十年來所經歷的天災人禍，遭遇過許多不同程度的困境，要如何脫困安然度過？！

這可能是他要開一爿雜貨店，來調適自己和家人生活節拍的原因吧！

因此，我常有機會挑著籮筐跟隨父親進城去進貨。有一次辦年貨，父子倆到離家四十華里的佛堂鎮選購芝麻、煙絲和紅糖。至於逢年過節早起趕市，離家十幾里以內的幾個市口，都是兩人常去擺攤位、售香紙和糖果的去處。只是利潤非常微薄，經常捱到中午才能脫手；跟著節儉慣了的父親，餓肚回家吃冷飯是常有的事。

所以，他希望我要出外闖蕩，不要枯守家園。

我在民國三十五年到三十七年之間，曾經數度到富陽、桐廬、金華等地做挑擔賣白糖換雞毛的小販，都是出於父親的鼓勵。其間曾到杭州浙大投考省立警察學校，以及到上海天裕綢廠做學徒，卻因志趣不合，半途而廢。

可父親並沒有責怪我的輕率；反而說多嘗試也是人生經驗的累積。

更出乎他意料的，三十八年時局急劇惡化，我預料將有一場變天的大災難臨頭，於是匆促間在三月初離家遠行；這一走像是斷了線的風箏，再也見不到我的蹤影。

唯一稱幸的是我渡海來臺，免於「三反、五反」的鬥爭，及挨餓關進牛棚的屈辱，或是充軍邊疆接受勞改等折磨！這先見之明的抉擇，究竟是基於救國的義憤，或出於私念的逃避，得以脫離長達三十年的哀鴻遍野的苦海？所以每想起一九五二年父親最後一封經香港轉來的家書，曾使我經月入夜難眠。

「……你要多保重，」父親叮嚀：「我家只靠你一個人了！」

那些年心思的沉重，轉念在筆墨上琢磨；不盡然是父親的囑咐和期望，還有「反攻」的號角頻吹，以及對岸不斷傳來「血洗臺灣……」虎嘯般的恫嚇。一顆心千縷萬絲的糾結著，等待著長夜何時將盡，黎明的曉日照拂大地……。

所幸時間淡化了兩岸嚴峻的對峙，一九八九年三月，我終於踏上了日思夜想的歸鄉路。曾孕育我成長的故土，雖然偏遠的鄉村仍殘留著一些教條和破敗的遺跡，但義烏的領導能抓緊「改革開放」和「放水養魚」的先機，已呈現處處萬象更新的榮景。

只是，「訪舊半為鬼」的無奈，令人充滿失落；尤其得知兄長和父母，早在「三面紅旗」飄揚在神州大地之前的三、五年，就相繼以莫須有的罪名被搶殺，及過勞病故，使我不禁淚沾衣襟。

回老家的次日，隨兄弟兩家侄兒上墳祭祖，我更是跪地不起，幾乎昏厥過去。

兩星期的尋親訪友，歡聚中有嘆息也有安慰，除了接受文藝界的設宴洗塵，交換寫作心得，親友們不再因我這「臺灣關係」牽連受罪，反而因具有「臺灣關係」而倍受榮寵。這，也許就是所謂政治的現實。

回臺，行囊中多了那幅父親的遺像。弟弟說，父親臨終前囑他加洗的；父親希望臺灣的子孫也知道先祖的容貌，能代代傳下去。

可惜母親沒有。弟弟嘆口氣說，媽去世得早也走得突然，使他措手不及。那麼，就讓我這遷臺的兒子，為母親繪製一幅畫像吧！

原刊《文訊》三四五期（二〇一四年七月）

王牧之（一九三〇～二〇二一），本名王振荃。政治作戰學校政治系畢業。曾任軍中報刊編輯、《今日高縣》及《智慧》雜誌總編輯、高雄新聞記者公會祕書、中國文藝協會南部分會理事及總幹事、高雄縣青溪新文藝學會理事長。曾獲國軍文康小說金像獎、中國文藝協會文藝獎章等。著作包括論述、散文、小說及報導文學約十餘種。

紀念結婚五十一周年：給雲

◆王家誠

呼吸病房中一片沉寂，偶爾有呼吸器發出嗶嗶的警訊，隨即有護理人員起身查看。我坐在輪椅上緊握著你的雙手。聘僱來照顧你的印尼小姐操著生硬的國語說：

「趙老師！王老師來看你嘍，知道不？」

你輕輕地點一點頭。她叫你睜開眼睛，你半睜開的兩眼，彷彿雲隙中透出的一線天光，隨即沉沉地睡去，我默默地看著你沉睡中的臉龐。

點滴架上兩朵盛開的玫瑰，是菡兒送給我們的賀禮。今早蕢兒也遠從維也納來電話，祝賀我們結婚紀念日。我以巧克力糖分贈護理人員，表達衷心的謝意。

天色漸暗，我戀戀不捨地結束了今天的探視，一如往日那樣，由另一位照顧我的印尼小姐，帶我回到空蕩蕩的家中。

一路上，我總不免想到當你午夜清醒時，望著滿屋沉睡著的病友，那種孤獨寂寞的感覺，可以想見。

近年，你長期住院，對我，夜晚變得十分漫長，或者說是很少睡眠。時而起身看書，或是仰望窗外，傾聽黎明前的鳥語。枕下有我們的文集，和堆得滿滿的揚州八怪詩文史料。

你的作品，依然是我空虛心靈的支柱。讀起來，攜手出遊、庭園賣花、故都尋夢、燈前夜話……往日的情景，一幕幕的浮現腦際。

揚州舊稱「廣陵」、「蕪城」，原是繁華的都市，人間的天堂；但也是出了名的悲情城市。清朝盛世活躍在這裡的揚州八怪，具有強烈的民族意識，特立獨行的性格，藝術上獨樹一幟的創意和承先啟後的關鍵地位，可能是我寫作生涯中，最後一個探討的課題，因此整個客廳被我布置成揚州八怪的研究室。但無論我的精神、體力，或急劇退化的視力，能否如願，都在未知之數。

來自殊途，歸向同方

我的來處，無人知曉，
我的去處，萬有的歸宿。
風吹、海嘯，無人知曉。

《珍妮的畫像》中，這段幽靈少女的吟唱，給人的感覺，十分浪漫。

一次，文藝座談會中，有讀者問到你的來處，你據實以告：原籍廣東，僑居越南。戰亂、飢餓、貧病，占去你童年歲月。青年時代，曾任《僑報》記者，越南國家廣播電臺的華語播音員，但當越南採取排華政策時，你不願意歸化越南，毅然決然地告別家人，回到嚮往已久卻又極端陌生的祖國臺灣讀書。

我呢，一路走來也很坎坷，遠自東北流浪數年之後，方與家人在北平復聚，遷徙來臺。不久家道中落，自高中開始，半工半讀。做過聯勤工廠的夜工、函授班的印刷工、臺大理學院的助理。再經過兩次大學聯考失利的打擊後，始躋身大學的窄門。

五十二年前的七月四日，暑假開始，同學們紛紛返家度假，校園一片清冷，半年前的一次集會裡，我們偶然相遇，互通姓名，成了真正的「點頭之交」。七月五日《聯合報》上刊出你一篇散文——〈星魚〉。清晨，一個赤足的少女獨自在海灘上尋找星魚留下的蹤跡。當無家可歸的你和有家不願歸的我在校園中不期而遇時，我感覺上好像循著「星魚」的足跡，透視到你孤獨寂寞的心曲。我提議我們交換幾篇新作，互相欣賞觀摹。友誼也就此建立。

半個月後的傍晚，我們步出校門，想到碧潭划船。雨過天晴，行人稀少。我們一路走著，一路撿拾被颱風吹折的扶桑花。經過一座小天主堂時，瞥見牆內有位白髮神父，手持念珠，在夕陽照射下踱步。這情景，吸引我們不約而同地進入小教堂內默坐了一會兒。我把扶桑花放進你的手裡，你似乎有所感應，脫下手上的一枚銀戒，套在我的指上。從此我們決意用自己的雙手，掌握著命運，開創新的人生。

附帶一提，四十年後，對於珍妮所說「萬有的歸宿」的「去處」，也有了新的盤算：

有一陣鳳凰花開的季節，我們應邀為某大學文學獎的評審。你發現應徵作品中，有篇出自醫學院學生的手筆，描寫在人體解剖的課堂上，幾具解剖用的人體，由福馬林的水槽中移到解剖臺上；他們稱他為「大體老師」。在解剖學教授指導下，他們以一種虔敬的心情，先禮後兵地開始解剖訓練。他們將以辛勤學習成果，做醫界的生力軍，做病患健康、生命的守護者。我們看來看去，心中有種說不出的感動，相約到了生命的終站時，再做一任「大體老師」。當在某醫院當志工多年的菡兒為我們辦理捐贈志願書時，發現她早已簽下器官捐贈及大體捐贈卡，我們不能不嘉許她的愛心和勇氣。

攜手相伴，一生相隨

五十一年前的七月十二日，你由新聞專修科畢業插班社教系三年級的新聞組時，也是我畢業典禮的前夕，是我們預定結婚的日子。你的少許稿費，加上我賣畫的五百元和八百元獎學金，總共不到兩千元，就是我們計畫中的豪華婚禮的全部。不過我的一張中學實習教師預聘書，倒可以作為今後一年生活的保障。

我以五百元訂做生平第一套西裝，因為除了作為新郎禮服之外，還要做一位好友婚禮的司儀。以餘款買了幾尺白紗，所剩下的基金，只夠租一輛你喜歡的「四隻眼睛」的禮車，和一束作為新娘花的百合。

你把剪裁下來的婚紗邊邊，做成一頂俏麗的花冠。把你一針針縫就的婚紗穿起來在鏡前轉側，看著長度及膝的禮服，笑稱這是將來要流行的迷你婚紗；那時，社會上正為女生穿迷你裙問題爭論不休，你則在婚紗上開風氣之先。

租一間四蓆半大的小屋，是預定的新房。寢室及簡單的傢俱，乾脆請幾位好友預支他們的禮金代為添置。

是日清晨，搭禮車到新生南路大教堂中，舉行莊嚴隆重的婚禮彌撒，來賓多是清一色的虔誠教徒，只有半路出家的我們，婚後可能永遠不再進入教堂。因為我們受不了任何教條的束縛。

中午在國軍英雄館設筵，宴請我們素所敬仰的老師和長親，由大學校長親臨福證。估計這場十分傳統的喜宴，可以收支平衡，在經濟上，不至於損傷元氣。

日落西山的營火晚會，是專屬年輕人的節目。

每人二十元的「禮金」，換到一張印好的地圖，按圖可以找到由同學掌舵的渡船。碧潭上游的沙灘上，生起熊熊的營火。一隻巨大的蛋糕，擺在左邊的磐石上。拿在新娘手中的不是百合，是一束潔白芳香的野薑花。

一串鞭炮聲，震動了山谷，賓客們圍著營火自行烤肉、烤鴨，欣賞同儕們的歌舞秀。直到深夜，才渡河散去。一場別致的婚禮，多年後仍為朋友們津津樂道。

最熟悉、最親近的人

結婚二十年後，有讀者、學生問及你對婚姻生活的看法。你說：

不說廬山真面目，只緣身在此山中。

我的另一半，一個最熟悉最親近的人，反而不知從何說起。

他是我年輕時的情人，現在的丈夫，也是我的朋友、嚴師，和發脾氣吵架的對象；如果沒有什麼意外，將會是老年互相扶持的伴侶。當然，我是研究教育理論的人，有時他免不了是我實驗的對象。

這段話，似乎可以作為我「期中考」的評語。

在我們屆齡退休之前，你的家人多已離開僑居的越南，散居在臺灣、加拿大和澳洲，使你寬心不少，於是進入你所說的「牽手走天涯」時期。

我們結伴或偕同女兒暢遊國內外的名山勝水。開放後的大陸，北到熱河、長城，南到雲南、貴州，東起揚州、蘇、杭，西到西安、四川，都有我們的遊蹤。歸來後埋首寫作，是興趣，也是暢遊美、歐、日、韓，飽覽龐貝和希臘遺跡，遠征紐澳的基金。但九十五年的五四前夕，你突然發病，為我們再度遠遊的計畫，畫下了一個休止符。也如你所說的，進入了互相扶持的意境。

編按：作者王家誠先生，是畫家、美術教育工作者。與其夫人趙雲女士皆任教於大學院校，也都是作家。趙雲偏重於短篇小說、散文與兒童文學；王氏則著力於小說體藝術家傳記的寫作。因視力關係，本文起稿後，由其長女王菡整理謄清。

原刊《文訊》二九九期（二〇一〇年九月）

王家誠（一九三二～二〇一二），臺灣師範大學藝術系畢業。曾任中學教師、臺灣藝術專科學校美術科助教、成功大學建築系及都市計畫系兼任副教授、臺南師範學院教授、省立臺灣美術館審查及典藏委員。曾獲中山文藝獎傳記文學獎。著作包括小說、散文及藝術論述計有二十餘種。

水世界歸來

◆何偉康

近幾年為黃斑部病變所苦，加上白內障、角膜炎，景象越來越矇矓；人面模糊，視野灰黯，彷彿掉進水裡。不知別人如何看我，我自己覺得有雙水汪汪的眼。

戴老花眼鏡，不只要放大字體，還要再加放大鏡，還是認不清字句。四處求醫，一天、一天陷入月朦朧、鳥朦朧的水世界。手頭有本書至少要加工四年，才能脱稿，已經對它盡瘁二十幾寒暑，一瞎罷手，很不甘願。只求返回一線分明，鼓勇續完，其他就顧不得了。其實，水中世界也有它的好處，我走路很小心，應酬盡量少，電視、電影，能不看就不看了。悠遊斗室，畫地為牢，把自己縮小。起先不大自在，過一陣子，倒反而有機會往回看，反芻陳年舊事，竟也別有滋味。有種懼怕卻悄悄的從背脊上長出來；若是不能工作，要怎麼活？

幾經商量，推進手術室，清楚的感覺到麻醉後眼體的切割和摘除；有些鑷子、鑁刀、吸管在眼洞裡工作，護理人員不斷講帶笑的話，心裡一直結著一個怕。晚上帶著眼罩回家，新植入的水晶體，還不能感光，滿街漆黑，瞎的滋味很難堪。

託天之福，手術精湛，家人照顧，今天又看得見十六號字的稿紙了。看不見字，無法書寫的恐慌一掃而空，對一個創作人而言，能夠伏案蝸行，幾幾乎是再世為人。

從書桌離開，到今天重操舊業，有幾次在景美溪堤岸散步，從東向西，每每為落日所炫，看不清迎面路人，只好在長椅上小憩，等夕陽失威。以前只覺得這一帶溪岸似曾相識，矇矓日甚一日，越來越覺得像極了佛羅倫斯的亞諾河，只是少了一座老橋，多了一線高速川流的國道，懵騰覺得，又到了徐志摩流連過的翡冷翠。

佛羅倫斯大公的領地比木柵大，人口沒有這麼稠密，亞諾河道沒有景美溪漂亮，高樓櫛比、市肆林立也不能與當下相比。老橋曾經是屠宰場，牲畜的血水穢溷、內臟碎骨信手丟進河裡；這座橋上打過幾十仗，市政廳、大教堂的壁畫都留下佛羅倫斯的慘烈戰績。左看，右看，上看，下看，這個文藝復興的名城，有一種氣質，當時說不出來，要到暮年暮色的景美溪岸，回想前時的遊歷，才驀然發現他們沒有專殺遊客的小販，居民和旅人保持一點距離。老橋上櫛次鱗比的精品店湊巧打烊，米開朗基羅的大衛原作，碧提宮的輝煌面貌和階梯劇場，都不對一般遊人展出。東羅馬帝國覆亡，希臘人對醞釀創造力的佛羅倫斯注入一個嶄新的訊息。少年的大衛以他的精準和無畏，擊敗哥利亞，米開朗基羅把他的不慌不忙刻在他每一寸體現自信的肌膚上。從希臘移植的戲劇和哲學，佛羅倫斯憬悟到，挑戰和選擇，當以真我面對真相。就憑這一點，佛羅倫斯點燃現代文明的火炬，結束了教廷的黑暗統治，澤及後世，今天景美溪的繁盛也受其惠，「景美文化」對自己尊嚴的體認，難以望其項背。

在米開朗基羅廣場看徐志摩筆下的翡冷翠，冬雨煙迷，樓臺簇聚，鐘林寺頂之間，有詩人未能觸及的古意。他寫了兩篇文章，兩篇文章都沒有提到佛羅倫斯大公所供給當時菁英的盛待；五百人大廳的讜論結束之後，材士沿長廊，過老橋，在精品店選購銀器，去碧提宮派對的時候送給他心儀的人物或是美女。外面階梯劇場，常常有戲劇上演，大部分是希臘的精粹，馬基維利的嬉鬧在這裡聊備一格。他做過將軍，上過戰場，受過上賞；後來憔悴橋下，頗受冷落，死後卻在聖彼得教堂有座龕墓。他的「君權神授」，是教皇統治的餘緒，在黑暗時期結束之後，算得上是受人矚目的一片屍瘢。亞諾河來去的俊傑當中，像他那樣逆勢操作的，實在不多。一三七四年的變局，從佛羅倫斯啟發的文化影響，擴及全世界，人對自己的珍視，並以這種珍視豐富他的生命，六百年來，形成現代文明的主流價值。馬基維利認為人要服從神授的君權，完善神的道路，拉斐爾卻以畫筆悄悄探索神意中的自我。二人的骸骨在教廷大教堂遙遙相對；伽利略在天文物理上的經始，要三百年，教皇才赦免他瀆神的發現。景美溪岸學校林立，而人文荒蕪，尤其缺乏一個像大衛那樣的凝視，和達文西的人文飽饜。大衛的凝視歷古常新，是永恆的標誌；達文西的飽饜，使得他後來創作〈最後的晚餐〉，整幅畫作充滿了希臘戲劇的精髓，並説明，即便在耶穌面前，人都有他各自的語言。

景美溪的夕陽，一點也不輸給亞諾河的殘照。在老橋有來來去去的巨匠，河堤上有行吟不輟的詩人，景美溪岸只有老人對鳥糞新聞的重複，甚至攜行收音機裡，不斷轉播政治渡鴉和名嘴盜鷗對有毒腐屍的爭奪。景美溪感覺不到亞諾河那個寧靜和遠騖。一隊隊到米開朗基羅廣場參訪的中國人都猴急拍照，互相吆喝讓出景點，也有仕女在大衛塑像前貪婪睇視，説它某部分「好小」。完全忽略了大師刻畫意志，竟是用優雅、洵美所蘊藏的精準來表達。這，究竟比呼天搶地要救惡毒監犯，多少還有點「價值」估量。對貪汙卑劣的崇拜，要朝夕不捨，溽暑不辭，聲淚俱下，跪求法院開脱，是非顛倒，善惡錯置，何致於此？要等一個地下大使公然破格干預司法，要等卸任總統自己承認是外國鷹犬，我們才知道，自己是被出賣的一代，被暴虐的二度蒙羞。莊子悲悼惠施之死：

「吾無可與言矣，吾之質死矣。」這才意味到，綿綿葛藟，在河之涘，終遠兄弟，亦莫我有，說的是什麼。

天假以年，仰賴重啟失去的視力，使我不必開電視，不必看報紙，也不奢想佛羅倫斯的繁茂優雅。誠願貴身，貴愛，以有生之年寄託於《同光櫛照》。

決心再花四年的時光，修改這部一百四十萬字的小說。那裡蘊藏的種性、人文基因，在今天的「歷史」當中，留下許多幽邃。燃犀燭照，徜徉其間，恍之，惚之，芻狗夢覺，與自然同其自在。

原刊《文訊》二九二期（二〇一〇年二月）

何偉康（一九三〇～二〇一一），筆名康白。陸軍官校二十四期畢業。曾任軍官、教員、影評人、編劇、導演、《中國風》雜誌創辦人兼總編輯、《世界論壇報》主筆、巨橋公司負責人、青田劇團負責人等。曾獲聯合文學獎、行政院文建會舞臺劇本創作獎。著作包括散文、小說和劇本約十餘種。

知了：暮年憶舊　輯之一

◆秀陶

照推算那時我應是正奔馳在十一歲至十二歲的途中，而且正熱中於風箏。好像也累積了一兩年的放以及糊的經驗。放不起來的風箏，只要經我順風抖幾下，略加調理，便能穩穩地上升。至於糊製，自簡陋的豆腐塊、七仙、八卦等，已進步到紮製蜻蜓、蝴蝶了。家中大掃把的長竹柄常被我抽出，劈作篾篠。兄姊們的彩紙也經常被我偷取。然而那種一手糊製，自起意到完工，然後在城牆上，在河灘邊的奔跑，那種高昂的樂趣，即使挨打、挨罵，也不足以羈縻，不足以壓抑我紮製的熱中。

製作的技藝漸精。每一道工序，自劈篾、炙篾、紮架、糊紙、弓弦的鬆緊、定線的俯仰、尾墜的輕重、平衡，也都逐漸地掌握而儼然是一個熟手的小匠人了。然而，逐漸地我已不太著迷奔跑、放飛，不再陶醉於獨箏端坐雲霄、俯視眾兒童仰望的小臉；而喜愛獨處一隅，與小刀、漿糊、皮紙捻為伍了。風箏、風箏，當線放盡後在遙遙唯我獨高時，變得異常的乏味起來。唯有製作，製作才是無盡的挑戰，才有征服，成就的快感。很快的在大雜院內，在左近街巷的孩子群裡，我製作風箏出了名。

一天阿昌來找我，手上拿著我替他紮的七仙箏。雖只不過兩三天的工夫，那隻七仙已經跌得殘殘的，而且打滿了補丁。這小阿昌又在打補丁的地方，用蠟筆胡亂地塗抹作為掩蓋，這就叫一隻殘破的風箏更加上了幾分骯髒。我猜想他一定會哀求我替他再糊一隻。

「關姊要你幫她糊一個知了。」

「她不會自己來？……要你……」

「她說她會給你篾和紙。」

「去、去、去，讓她自己來。」

關關是阿昌的堂姊，是同玩的孩子群中很特別的一個。雖然比我還小幾個月，但有時看來便儼然一副大人樣。獨生女，老是乾乾淨淨的。只有玩得野玩得瘋時才像是同我們打成一片。玩時我同她永是同一邊，從不對立。凡遇她同別人爭執時，我總是站在她那一邊。打架也可以，打不贏挨打也可以。有她在我會特別高興一點，特別賣弄一點，遊戲也比較文雅一點。沒有她時，我們才粗野、才髒。不但身上髒，口頭也髒。

兩天後同玩時我們躲進了一個屋角，緊挨著喘息，我望著她鬢邊的汗珠。找人的呼叫聲在遠處飄盪，片刻的沉靜把這個日午展延得奇怪的長久。

「糊個知了可以……我要摸一下……」

微暗中，她望入我的眼，尖銳而閃亮的眼神，刺得我又痛又慚愧。

「……瞎說……」她飛紅了臉，不等遊戲終了便起身跑開了。

我闖禍了麼？這是大事？她生氣了？她不再同我玩了？這些想法一閃而過。然而生命在那個時候，那個年齡，行進得太過快速，快速得無從細究。每一刻，每一刻的下一刻，總有些新的發生，這新的發生無論有趣或無趣，自能夠把一個孩子自他的當前，自他目下的專注引開。更何況歡樂老是一波一波不絕地來到。再沉重的痛楚，愁苦也會極速地隱退、消逝。這種快速的更替，遷變甚具療效，是童年的一種天賦，一種依持。

那天晚上，我躺著一直盤算如何製作一具漂亮的知了那件事。這次我決定不再用七拼八湊的彩紙，一定用爸爸寫字的大張宣紙。身軀同翅翼可以用水彩來畫。胎架不妨放大幾分，眼珠麼？當然同貼金的轉輪……。

兩天後的早上，姆媽正在院內晒衣裳，我坐在簷下讀我的彭公案。闞闞來了，手上拿著幾枝篾同一捲花紙。

「三娘，」她同姆媽打了個招呼，把篾同紙放在凳上，在凳頭坐下後長久沒講話。我把紙同篾拿起來看了一下。那篾條太過乾黃，恐怕不怎麼能彎曲，幾張彩紙我根本不預備用，令我高興的是：她來了。她當然沒有生我的氣。我暗地裡擔心，隱約地覺得惹了禍，說錯了話，起錯了念頭……現在她來了，一切都好了。「我得去趙篾匠鋪找幾條青篾皮才行。紙，我有。」

「……」她只是望著我，臉開始泛紅，幾乎同辮梢的絨繩一樣紅。同平時一樣，碎花的短襖平整、乾淨，而且總有一股我身上永不曾有也永不會有的清淨的味道。

「我會糊一個又大又好看的知了……」

「……可以……不過我也要摸你一下……」話聲小到幾乎聽不到，說完便飛快地起身走了。

這隻知了盤據了我整整兩個下午。它把我糊製的技術帶上了更上一層的高峰。我一邊糊製一邊壓抑心中的興奮。

自己直覺地意識到這一定是一件不好的事。因為一向受到誇獎的好事從來少有這樣令人發燒，令人激越的。這件陰謀一樣的密約一樣的事竟有這樣大的法力。除了學校不能不上，飯是可以不吃的，覺是要人催了才去睡的。而這隻知了，這隻知了便是一切。

其間關關來過幾次，來看望她的知了。一刻一個樣。自胎架到糊紙都進展順利。然而以墨同芝葛等彩色來畫身軀及翅翼時便有了麻煩。第一次畫好後，關關拿了起來，舉在面前，歪頭樣了一樣，說：

「不怎像知了，倒像是一隻大蒼蠅。」

於是撕掉，重糊、重畫，直到她不再說像別的什麼為止。她摸摸這裡又搖搖那裡。又撥又吹那轉動靈活的眼輪。她的滿意，高興滲入我，透過我的四肢百骸便漲大為十倍百倍的快樂。

我們馬上衝出後院爬上城牆試放。經過一番小小的調教，收放過兩三次都很成功。晚飯的時刻近了。深黑而猶未入夏，猶未變成黃濁的江水，緩緩地在城下流著。一艘三、四層樓高的大江輪，黑白分明地帶著滿身鋼鐵的嚴整，冒著黑煙逆水而上。小船們到近它的尾旁時，都急速地一上一下地顛簸起來。岸邊的浪也就滾展起兩三尺高了。走下城牆時，她扯了我一下：

「吃了晚飯來找我。」

飯後到我出門時，大院已全黑了。燈火雖然每家都有，但院中三、五尺外，誰也看不清誰。時令不入夏，大院總是冷清地沒有半個人影。

關關家在最後一進的東廂。距後門的院牆還有二、三十尺的樣子，圍成了一個小小的私家院落。有一個巒漂亮的月洞門。院中只有一棵香椿樹較高大。一棵兩人高的石榴樹靠牆，蓬蓬亂亂的瘦條上正抽著油綠油綠的小葉子。其他的都是些矮小的我不知名的花草。院裡有一張青石面的圓桌，四隻燒瓷的圓鼓凳。

我去到時關關正依著圓桌撫弄她那隻知了。我「嗨」了一聲之後便站在她身邊，一聲不響地兩人對望著。院中雖然黑暗，我仍能見到她晶亮的大眼。然而除了覺得時間特別凝重外，剩下的便是那難過的不知所措。直到我扯了她的袖子一下，她順勢向前半步，我們離得更近了……。

女服的格式以及層次我本就不清楚。當我的手在她短襖下的腰際探索時，只覺得腰帶綁得實實地，扯開了一層還有一層……。

在她事情是簡單不過了，她只解開了我褲子前面的兩粒鈕扣手便伸進來了。裡層的短褲連鈕扣都沒有。所以當我的手還在她的短襖下面奮鬥時，她已經把握住我的小東西很久了。而且把握得它又硬又脹。比我們幾個男生有時比賽看誰能尿得又高又遠時，硬把它逼得挺直才能射得有力那樣的硬，更硬更脹幾分。

一陣急迫亂扯之後，我終於觸到她的裡面了。單薄的小腹同我的一樣。不同的是，在我那長著小東西的地方，她什麼東西也沒有。只有一團圓而光滑的肉堆。我一邊驚駭得呼吸粗重一邊口乾心跳得厲害。再朝下去，是一線兩邊腫起的縫。我的手指平平地沉下，縫裡成了潮濕而濕熱的凹槽，彷彿一個發炎的大傷口。這時她輕輕地「哎」了一聲，縮回她的手而將我推開。

那以後，我們仍在一起遊玩。我們不再提起這事，彷彿大家都有點羞怯。不過大家又覺得更接近更親密一些。

知了，知了，入夏後到處知了聲響起，然而誰知了什麼呢？

原刊《文訊》二八六期（二〇〇九年八月）

秀陶（一九三四～二〇二〇），本名鄭秀陶。臺灣大學商學系畢業。一九六〇年代移民越南，而後至美國定居。因工作、出國、結婚等原因輟筆二十餘年，一九八五年方再度提筆。著作以詩為主，翻譯西洋散文詩，並研究其理論與歷史。

夜戲

◆季薇

我欠一位拉洋車的阿伯四角「龍洋」[1]。七十多年了，一直沒有辦法償還。老阿伯沒有鐵青臉；人情債，更難還！

五、六歲的時候，在外婆家金華作客。記得是「重陽節」剛過，秋高氣爽，正值農閑。地方上到處演戲；演的是浙東大戲，演的是因果報應、忠孝節義。文場武場，有粗有細。

山城有一家電影院，開設在城隍廟裡。那時不叫電影，叫影戲。

七十多年前，沒有伊士曼彩色，也沒有身歷聲音帶，更沒有寬銀幕，是黑白默片。一個人搖著放映機，兩根竹竿掛一塊白布，電燈一關，白布上跳著模模糊糊的人影，接著映出一大片字幕，矇矓中響起一片讀字幕的聲音——別看這個小地方，讀書識字的，還真不少呢。

有時候，白布上忽然下起雨來；原來是影片太老舊，出現一條條的白線、一顆顆白點。有時候，影片忽然斷了。電燈一亮，只見那方白布在夜風裡顫抖。硬板凳上的觀眾們，嘰嘰喳喳熱鬧起來。賣糖果瓜子花生的、沖茶遞手巾的，趁這個空檔忙了好一陣子。

影片接好再放映，二十來分鐘，是很普通的。這樣的電影，在今天看起來，真要笑死人不償命。七十多年前，卻挺時髦新奇。洋貨嘛！

一張票，十二個大銅板。當年，米才兩個銅板一斤。六斤米，一場電影。哎，真貴！

記得父親帶我去看電影。演的是《火燒紅蓮寺》，機關布景、打打殺殺，十分火爆。沒演多久，片子斷了，電燈亮了，父親叫我坐著不要亂走，他出去小便。不久，燈熄，白布上又飛刀、飛槍廝殺起來。好久好久，還不見父親回來（他在摸黑找座位）；我心急，摸摸索索，離開座位去找；我找他，他找我，沒照面。

跑到戲院門口去找，也不見父親的影子，天又下著雨，更心急。門口停著幾部「黃包車」[2]，那時候，還沒有三輪車。心想：也許父親已經坐車回家。急上加急，幾乎嗚哇一聲吹喇叭。

一位穿簑衣、戴笠帽，嘴邊掛著山羊鬍子的老車工，上前來問：

「小弟，你急什麼吶？」

「我，我要找爸爸。」

過一陣子，還不見父親的影子，真要哭了，快要哭了。

車工阿伯問：「小弟，你住在哪裡呢？」

我答：「淨渠頭。」

他招手説：「好，你上來。我送你回家。」

坐上黃包車。車輪在卵石路上滾跳，我的心也撲通撲通跳。車停，到啦。他看我急急敲門，拉起車子走了。

過了半個多月。也是看夜戲，也是下雨，也是坐黃包車。

下車時，母親問我：

「那天晚上，送你回來的，是不是這部車？」

我看這位車工，也穿簑衣、戴笠帽，便點頭説：「是！」

母親掏出四角龍洋，另外再加四角；八角龍洋，遞給車工。他接了錢，一聲不響，拉起車子，飛也似的跑了。

我想起：那天晚上，送我回家的阿伯，嘴邊有山羊鬍子。今晚這個，沒有！我欠那位有山羊鬍子的老伯四角龍洋，七十多年啦，一定要連本帶利還給他！

老阿伯，你在哪裡？

註：

1. 龍洋：民國初年，國幣以圓為單位。一圓合十角，均為銀質，一面鑄有國父像，另一面鑄一條龍，故稱龍洋（錮）。
2. 外黃包車：人力拉的兩輪車，車篷是黃顏色的油布。

原刊《文訊》二九六期（二〇一〇年六月）

季薇（一九二四～二〇一一），本名胡兆奇。曾任報社記者、《警光》雜誌主編、《中國時報》通信組副主任等，後旅居美國。曾獲中國文藝協會文藝獎章、中山文藝獎散文獎。著作有論述與散文約十餘種。

追憶一九四七年的環島之行

◆林莊生

一九四七年二二八事件結束後陳儀被調任浙江省主席，臺灣省主席則由魏道明來接任。魏在第二次世界大戰前擔任過駐德大使，在戰爭中做過駐美大使，可以說是蔣介石手下重要的外交大員。這樣的人竟被內調到臺灣，很顯然是要他來應付國際輿論的批評，蓋此時中國已躋身於世界五強之一，然而她國內的政治狀況還離現代國家之水準太遠。為應對這種難堪的局面，需要一個了解世界局勢的邊疆大吏來主政。魏到任後第一道新令就是立即解除戒嚴令，聲言一切通緝犯將以民法處理。很顯然他是要表示中華民國是法治國家，不是那種王法統治的落伍國家。這個新法令救了楊逵夫婦、鍾逸人等正待槍決的要犯（詳見鍾逸人《辛酸六十年》，頁六三三）。魏的第二道新令是仿效中國改朝換代時常用的以修史為名的拉攏政策，提議纂修臺灣地方史。於是請了二、三十位地方父老來臺北開會，籌備設立通誌館，我父親（編按：莊垂勝先生）就是此時被請的委員之一。會後通誌館正式成立，並聘林獻堂為首任館長。

一、上臺北

父親要去臺北開會外，也想順道去東部處理戰爭中出售的土地。剛好時值暑假，他就帶我同行。當時我是高中一年級，距離二二八事變後剛剛四個月而已。同行還有我的叔公林阿華先生的二女林翠晶，她跟我同年，是臺中一女的高一，但比我高一輩，我叫她阿晶姑。因為她要去看她的父親，於是我們三個人浩浩蕩蕩地上臺北了。

我們從臺中出發坐中午的快車，一到車站，就碰到一群彰化銀行的高級幹部，包括王金海（常務董事）和張聘三（業務部經理）兩位先生。車到達時，我們分別上車，因為我們坐的是三等快車，而他們坐的是二等（那時沒有一等）。車還不到豐原，張先生就走過來看父親。父親向他說明因帶著兩個中學生，要使他們習慣於一般人之生活，坐三等車。張說甚是。在日本時代，王、張二氏和父親都是同群的朋友常在一起。現在不同了，他們兩位都在金融界服務，有社會地位。反看父親因在二二八事變中擔任處理委員會的執行委員，不但事變後被撤職，還鋃鐺入獄一周，現在是無業遊民。很顯然地可以看到父親在經濟上、社會地位上的落差。張先生是父親早年之朋友，大概是基於對老朋友的情誼罷，車還不到豐原他就移駕來到三等車廂跟父親聊天，盤桓一陣後回去二等車廂。過一會兒他又回來三等車廂告訴父親：「金海兄請您來喝咖啡！」我心想：聘三叔今天真倒楣，為了安慰父親，席不暇暖地奔走在二等車和三等車之間。

此時張先生剛入彰銀不久，擔任業務部的經理，職務上是王氏的部下之部下。難怪他對金海先生頗殷勤的樣子。人一旦被編入組織，就不得不以組織的規則行事，我看到聘三先生微妙的態度變化感到有些意外。後來張先生擔任彰銀董事長，王先生和他的關係勢非再調整不可，不過此時我已離開臺灣了。

我們雖坐三等車，但並沒有羨慕坐二等車，這是有理由的。我六歲時父母帶我去臺北一次，為的是要參觀日本領臺四十周年的紀念博覽會。那時我們坐的是二等快車。因為還小，我對博覽會的事情都記不得了，但對二等車內的體驗卻是鮮明無比。當時二等車內的座位排法是靠車窗兩排的長椅，椅子鋪有深綠色的座墊，車內寬廣，加以乘客不多（大約只占三分之一），好像坐在私人客廂似的感覺。乘客看來都是日本人，只有我們一家是臺灣人。車內很肅靜，所有的人都在看報或看書，包括父親。沒有看書的人只有母親和我而已。一路上母親只關心我一個人，她擔心我發出大聲打擾其他乘客，叫我說話不要大聲，最好不要講話。她要我好好地坐在椅子上，不要在車內亂跑，叫我看窗外的風景。但所謂風景，不過是水田、水牛、竹圍、農家的連續，既單調又無聊。這樣坐了五、六個鐘頭實在太痛苦了。回途時我要求母親選可以說話的快車，所以我們坐三等快車回臺中。三等的座位是用板做的，雖然硬一點，但一家三個人可以相對而坐，很溫暖、安適。車內的旅客有的在眺望窗外的風景，有的在養神，沒有人注意其他乘客是否在說話，甚感輕鬆。

二、多雨的臺北

一到臺北，我們就去指定的招待所報到。他們看到我們有三個人，給我們二樓一間相當大的房間。這個招待所後來叫做「國父紀念館」，主要是舉行會議之用。父親白天在招待所內的會議廳開會，晚上就在私室接待來訪的朋友。這群朋友有五、六人，在父親滯留期間來了二、三次。這些人我都不認識，但從父親留下來的舊信推測，大概是王詩琅、黃春成、郭秋生等幾位。我平常很喜歡聽父親和他的朋友們閒談，但這次狀況完全不同。因為這些父執我都不認識，看不出哪一位是王氏、哪位是黃氏，也不了解他們話題之來龍去脈。就像鴨子聽雷，毫無收穫。我過去寫了不少有關父親朋友的故事，結論是：認得其人而又有信可參考者最容易寫，不認識其人但有信可徵者也不難，最難的是人雖很面熟，但沒有文字資料，特別是信可供參考者，父親在中部的很多朋友屬於這一類，這是很遺憾的事。

在西方國家，幾乎每一個有名作家都有他的信集可提供利用，因為通過信可對作家的內面世界進一步的認識。在臺灣，信除了這種意義外，對了解當時歷史情況也有特殊的意義。理由是臺灣四百年以來一直受到外來政權的統治，而其歷史是由侵占者所解釋、記述。因此，這四百年的歷史不過是不連貫的各政權的統治史而已。生活在其間的人民，感受如何、他們的願望如何，則不可能在史冊之中出現，這方面的消息只能由民間傳說的方式傳下去。這是原住民、早期漢族移民的傳授方式。到了清朝統治以後，識字的人漸漸增加。日本統治臺灣時已有可觀的漢詩人出現，這些人（如林癡仙、林幼春）的詩文是目前能體會到的先民的精神面貌的早期紀錄。但漢詩受韻律之限制，不足表達具體之歷史事實。隨印刷技術之發達，文字記錄之方式本應大大地發展，但新來的統治者日本是剛開始近代化的專制國家（五十年），繼而接上的國民政府是「以黨治國」的前近代的統治方式，加以撤退出大陸以後在臺灣實施將近三十年的戒嚴統治（一九八七年始解嚴），可以說過去八十年間，臺灣未曾有過言論、出版之自由。在這種狀況下，民間之書面紀錄可以說無法存在。如有，也只能在民間的私信上看見而已。因此要研究臺灣近代史時，信是不可忽視的歷史資料。我常自嘲說：「我是靠信吃飯的人」，這不是誇大之詞，而是有其實際需要，因我往往可以在信中找到歷史的證言。

在臺北時常常下雨，因沒有準備雨具被關在招待所，甚悶。有一天雨停止時，我和阿晶姑出去附近瞧一瞧臺北市街，走到城內看到一家大書店，進去後才發覺這家書店所陳列的書我都看不懂，突然察覺到臺灣已經「光復」，時代不同了，難怪陳列的書都是中文我還看不懂。只好走到櫃檯，翻一翻給小孩看的漫畫。我隨便拿出一本來看，居然能笑出來，因為裡面沒有文字，只有圖畫，封面寫著《三毛流浪記》，翻了幾頁覺得很有趣，於是買下來，因為我正在物色要送給玉里的小叔叔（比我年齡小）的禮物。到玉里後我送給小叔叔，他很高興。兩個人面對這冊漫畫談了好幾天。有人說音樂是人類的共同言語，那麼我也可以說漫畫是小孩子共同的言語了。我還記得漫畫中有一個畫面，三毛正跟在一個大人的後面走，看他肩膀稜稜，心想這個人大概是大力士般的雄偉體格。不久太陽放出炎熱，這位大力士脫下上衣，三毛突然發現原來他衣服上的肩膀是用棉花塞的假肩，本人卻是尖肩的瘦鬼。我後來才知道《三毛流浪記》是有名的張樂平之作，有的人說他是社會評論家，有的人說他是苦難孤兒的同情者，當時他的漫畫給我的最大衝擊是童心之真與趣，給我很大的感染力。

父親會議開完後，我們還留在招待所幾天，因為蘇花公路被沖垮了，等到開通之消息後才出發。我們坐火車到宜蘭，然後換坐蘇花公路的公共汽車。在汽車站等候的旅客相當多，因為公路剛剛開通不久。除了一般老旅客外，有一群流亡學生，三三五五地散在附近。這些人一望而知是流亡學生，因為他們的臉色較白而紅潤，大概是北方人。他們的年齡大概比我大二、三歲。他們都講國語，我和阿晶姑還聽不太懂。此時父親唉了一聲，說他的錢包被盜了。錢包中有我們三個人的旅費，現在連要買車票的錢都沒有。父親叫我們繼續排隊，他立即跑去彰化銀行宜蘭分行，託分行經理跟總行聯絡，得到匯款後才能繼續旅行。我想錢包一定是被這群人盜去，但我沒有感到太大的敵意，因在排隊時一直在想：如果要我一個人在臺灣島內旅行我還不敢，他們竟這麼大膽，過海來到臺灣？同情與欽佩之心沖淡了意外的損失，只怪父親太不小心了。

三、玉里一個月

一到花蓮我們又接到壞消息，花蓮到玉里之間的一座鐵橋被大水沖壞了，整個東部線暫停。看樣子不是短期內能修好，我們就在車站附近的一家日本旅館下榻，準備做較長期的停留。這個日本旅館看來相當乾淨，只是接班人大概是外行，待客粗魯而不親切。父親在花蓮天天單獨出去看朋友，把我們兩個人留在旅館很無聊，雖然我們有時也出去街上溜達，但附近沒有什麼值得看的東西。所得印象是戰前大概有不少日本人住在這裡，因為店面很多是日本式的。很少看到閩南式的店面，顯然此地閩南人很少來過。

經過四、五天，通車之消息終於來了。不是全線開通，而是採取臨時辦法：火車將由花蓮和玉里分別開到鐵橋的地方，旅客自己走過鐵橋後，再乘等候在對岸的火車。於是我們自花蓮出發，到了受損的鐵橋，果然北上之旅客已在那裡等候著。我們步行到橋頭一看，原來這個鐵橋雙邊都沒有支撐的鐵架，只看到一條鐵路直奔於溪谷之間。站在橋上看谷底似乎有千仞之深，要在其上步行多麼危險，真是會「一失足，成千古恨」的，不覺為之寒慄。不過同群的旅客包括父親，大家都不大困難地走過去了，只有我和阿晶姑不敢走動，因為我們有「懼高症」，就是站在高處時會產生頭暈的現象，這種現象長居在都市裡的人特別嚴重。但沒有辦法，我們只好蹲下來順著鐵路的枕木一根一根地移動，可恨的是這座鐵橋很長，心中大罵鐵路局：「『真夭壽』，把旅客當空中飛人！」當然我們是最後到達對岸的旅客。聽說住在高山峻嶺的人最不怕此症，這是為什麼美國高壓電桿上之工作人員很多是印地安人的理由。

在玉里滯留時最有趣的一件事是，去體驗收租。有一天叔公的帳房要下鄉去收租，父親叫我一齊去經驗一下。我也好奇，因此隨他下鄉。從玉里坐火車大約一小時的地方下車，去訪問他們的四、五家佃農。這些佃農大多是客家人。我因不懂客家話，不知道他們談話之內容。看來大家對帳房相當客氣，但從每一家訪問時間的短暫看來，他不是很受歡迎的客人罷。到最後一家時帳房提醒我說：這家如果送茶水出來不要喝。他說有一年去收租，傳達頭家不准他再延期交出應繳的田租，這個佃農竟把手上的茶杯向地上打碎，大罵「頭家無量！」帳房說此人是此地最凶的佃農。當天我看到的這群佃農，穿著方面看不出與一般農民有何不同，但住房方面確實較簡陋。很少有人住在傳統的「正身護龍」（奉祀公媽的一棟叫「正身」，其兩側叫「護龍」）。離開最後一家時已過中午，帳房帶我去附近的市場吃中飯。在日本時代中學生是不准去市場吃東西的，所以這次外食是新奇的經驗。帳房叫了五、六盤菜，很豐盛而可口。我不能理解日本人為何要嚴禁學生外食，可能是要訓練學生習慣於粗衣粗食的生活罷。好在我們已脫離了Sparta式的教育，將來是要進入Athens式（自由）的教育了。第二天看到帳房跟我的叔公報告出差費時，始發覺那六盤菜的開支也明記在帳單上了，原來此行是公費出差啊。

我們在玉里住一個月後回臺中，阿晶姑要再滯留一、兩個月。歸程我們取途南回路線：經屏東、高雄回臺中。離開玉里時父親受當地朋友之託，帶一個農民A兄回臺中。因他不識字，沿途轉車、投宿均需要有人照顧，於是三個人同行。行程是玉里到屏東，一宿後第二天坐屏東線到高雄，再由高雄坐縱貫線的夜快車回臺中。一路上A兄閉著嘴不說話，父親跟他聊天時，他的回答總是單字的「有」、「無」、「好」或「不必」而已，沒有一句表達感情之言語。開始時我以為他跟我們不熟，但整個旅程中沒有改變。來路我有阿晶姑做伴聊天，但回途時就完全沒有說話的對象，我發現我們有共同的語言，但沒有共同的生活體驗。還好一路沒有什麼問題，在黃昏時刻平安到達高雄。離夜快車開車時間還有三、四個鐘頭，父親就讓A兄在車站等候，然後叫一部計程車帶我去市區拜訪他的朋友。

四、高雄四小時

我在小學時去過高雄一次，那是日本時代，參加當時學校主辦的「修學旅行」。印象很深的是火車到市區時車內的電燈一亮，全車的旅客需要把車窗關起來。理由是附近有很多軍需工場、要塞等軍事基地，怕被敵人的間諜照相。當時高雄的市容與臺中市比起來格局小得多，但這次的印象卻完全不一樣。第一，車站已移到郊外空闊的地區。第二，新車站是堂而皇之的現代建築，十分表現當年日本想把高雄建設成為南進基地的氣魄。從新站到市區相當遠，我們走了一段時間後才進入市區。戰爭中高雄受轟炸之損害相當大，到處可以看到倒塌的房子。司機聽到父親說要去縣參議會彭議長的家，很快地就找到了。在一區廢居中看到一棟二樓房子屹立其間。彭先生是醫生，樓下是醫院，我們被招待到二樓的會客廳，頗廣闊，大概可以容納二、三十位客人。

一會兒彭醫師上來了，沒有寒暄就坐在父親的右邊斜對角的藤椅，用耳語的方式囁囁而談。我坐父親右側隔兩個椅子的地方，當然聽不到。但看到彭醫師臉上的恐怖的表情，我可以察覺到他是向父親報告他在二二八當時的遭遇罷。根據陳翠蓮教授之記述（《百年追求——臺灣民主運動的故事卷一：自治的夢想》，衛城出版，二〇一三年，頁二七八）：三月六日高雄的處理委員會派彭議長及六名代表去見要塞司令彭孟緝時，全員被逮，隨即彭司令出動軍隊，分別到市政府、車站、高雄中學等地，用手榴彈、迫擊炮槍殺集會抵抗的民眾，死傷數目無法估計。翌日（三月七日）被捕的七名代表中，活著回來的只有議長彭清靠、高雄市長黃仲圖，還有一個臺電代表三人而已，其他四名均遭槍決。二二八發生當時，南北兩地政府對策不同的原因，是因為陳儀手下無足夠的兵力控制局勢，援軍未到之前，需要用其政治手腕來緩和局勢。反之，高雄要塞是獨立的軍事基地，完全與居民隔離，有足夠的軍隊應付起義的民眾，因此直接訴諸軍事解決。

他們兩個人的交談中，我斷斷續續的聽到父親說話，當然也是關於二二八，特別是有關臺中處理委員會的情況。父親講話時聲音雖然很低，但我可以聽得很清楚。從他的話我才知道我們停留在花蓮時，他每天出去看的朋友，原來就是張七郎先生的遺孀。張夫人不但從此失去張先生，更悲慘的是與事件完全無關係的兩位公子也都罹難了。父親說張夫人因受刺激太大，幾乎失明。花蓮的這個慘案是二二八的悲劇中最悲慘的，負責此案縣長級的人後來聽說也被槍斃。為什麼有這樣的司令，有這樣的縣長呢？簡單的說，這是當時國內政治狀況的反應。從一九四五年陳儀在福建主政時的一般狀況來推測，當時人的想法是「天下只有不是的人民，沒有不是的政府」，一旦暴動發生，從事動亂的人就被認定為造反的亂民，皆殺不論。為顯示王法之厲害，並為斬草除根起見，有時還以「抄家滅族」來對付。那位縣長當時所做的事在他看來不過是常用的手段，日本雖是帝國主義的專政國家，但它是以法治國，還遵守刑止於犯法者一身，不涉及子女的原則。

彭清靠先生的兒子彭明敏教授在他的《自由的滋味》（前衛出版社，一九八八年，頁八〇）書中將他父親當年的感慨記述如下：「父親精疲力竭地回到了家裡。他有二天沒有吃東西，心情粉碎，徹底幻滅了。從此他再也不參與中國的政治，或理會中國的公共事務了。他所嚐到的是一個被出賣的理想主義者的悲痛。到了這個地步，他甚至揚言身上的華人血統感到可恥，希望子孫與外國人通婚，直到後代再也不能宣稱自己是華人。」此書出版時這一段話像一顆炸彈似的驚動海內外的中國人，因為華夏之民中竟有人以華人為恥者。說這話的人不是什麼民族敗類，而是誠心誠意歡迎祖國政府的臺灣人。

交談一陣後，彭先生突然發聲說：「我們一起來吃飯吧」，然後帶我們到一家日本餐館。在餐館他還繼續用囁語的方式跟父親交談，不過還好這次我有飯可吃，不至於呆著在霧中尋找真相。飯罷，彭先生說他今晚還有約會，叫他的司機把我們送到車站。

到了車站，A兄笑容滿面地迎接我們。這是他需要父親照顧的最後一站，自此以北是他的天地，可以「海龍王泅水」了。快車在清晨天還黑暗時到達臺中，父親問A兄：「從這裡你可以自己回家罷？」他用堅決的口氣回答：「沒有問題！」而告別了。

五、後語

一九四七年的東部旅行現在想起來像一部不可相信的故事。山川依舊，但人事已非昔日。就交通狀況來說，西部之縱貫線幾乎已由高速鐵道代替。所需時間，從基隆到高雄不到二小時。有個在臺中做事的朋友告訴我，他每周由臺中回去花蓮之家，單程只需四個鐘頭（臺中—基隆—花蓮），所以不必搬家可以通勤。A兄未嘗用過的字眼「謝謝」和「對不起」現在到處可以聽到，禮讓之邦之賞譽在外國新聞上常常可以看到。美國華人作家顧月華（海外華人女作家協會會員）在〈臺灣紀行二帖之一：多雨之島〉一文中，對近年的臺灣有如下的印象：

- 人們生活在如此乾淨的環境中，地面沒有一片紙、一口痰；排隊時沒有一個人插隊擁擠；上了車立刻有人讓座；甚至在車廂裡隔了兩三個人的距離，會有人來找我去坐。
- 因為臺灣文化文明方面，沒有斷層，自覺地將文明精髓溶入到個人的身心行為之中。那些盲目自大，看不到目標在哪裡的人，你叫他們怎麼去比？怎麼去趕？怎麼去改？
- 在以後所看到的臺灣人民身上，我似乎看到了他們曾經長期生活在血淚及掙扎中，強權的殖民統治，抑或專制的獨裁並沒有將他們壓垮變形。如一粒粒的種子，在土壤中依然頑強地往上竄升。那些苦難的歲月及磨練，反而孕育出這塊土地上的人民富有自尊自強自愛之心。

・一個偉大的國家的人民有自尊，也尊重別人，它們的人民應該有很好的文化修養，而臺灣正朝此努力，而且被世人敬重。

・臺北我會再來。在陌生的臺灣，我感動得哭了。

以上引述，如用評審論文之格式來說，是屬於external review（外部審稿人）的性質，自有其國際性和客觀性，能夠得到此種評價的臺灣真是值得自豪了。

二〇一四・二・四

原刊《文訊》三四三期（二〇一四年五月）

林莊生（一九三〇～二〇一五），美國威斯康辛大學農藝博士。一九六七年後移民加拿大，在聯邦政府農業部擔任生物統計研究。曾獲行政院新聞局優良圖書推薦金鼎獎。創作以散文為主。

大時代．小故事

◆芯心

一、號音

翠綠年華，墜入了初戀情懷。

美好的相遇，又突然，又青澀；很甜蜜，很溫馨，有如陽光，有如彩虹。

那幾年，住在南京城北，遠處有個營地，每個清晨便有陣陣號音吹起，那是個習練吹號的場地，長長短短，高高低低，流動在半明天色，瀰漫一空。

由於中氣不足，聲音混混濁濁，調不準音韻，吹不出音符，聽來單調噪耳，但因心裡藏著一份愛，號音也變可愛了。

他有才華，令指揮音樂旋律，又廣泛涉獵中外名著、文學藝術，與他談天，助益良多。只是，有時侃談話不停，有時又默然無語，似有話語哽在咽喉無法吐露，又見行蹤飄忽，隱瞞著什麼。

我知他父母，還有弟妹，遠在皖南山城，逃難回來家徒四壁，理應賺錢養家，但他雖有滿腔熱血，陷在敵區沒有出口，心裡定是隱藏苦悶與無奈。

不見了好一陣子，忽然又出現眼前，他告訴我，今夜就要出城離開南京，設法逃出封鎖線，轉到自由區，那兒有同志在接應，再入川投奔大後方，為苦難的祖國做點事……。

聽後大感意外，不相信是真的。千里萬里路，涉險獨自闖，真是無法想像，外面炮火遍地，他要去的遠方，好像遠在天邊，茫然不知是些什麼地方。

看到他意志已堅，無所畏懼，除了擔憂，只有祝福再祝福。

黎明曙光中，聽聽那號音，伊伊嗚嗚，沉甸甸添了深沉，多了悲愴，似乎也在為他送別：風蕭蕭兮江水寒，壯士一去兮不復還……。

號音依舊日日月月、季季年年吹動，瀰漫一空，迴盪四周，有天清晨，號音從簡單無調吹準了音，吹對了律，聽出起床、稍息、立正、迎賓等正確號角，成功了！接著，另一批又來，重新恢復調不好音，吹不成腔的習練，周而復始，滾騰於天，翻騰於地，春去冬來，隨風颯颯。

一天，郵差先生送來一封信，信封折痕累累，藍鋼筆墨痕斑斑，發信日期在去年，信是那位熱血男兒的手跡，信很短，上面寫著：

「人在天涯，心繫古城，刻骨思念，不能相忘。昨遇一鄉族，說有下江行，匆匆數句話，任他代為轉，我已有工作，伊人多珍攝。」

不多時，我也找到事，搬離了那地方。

像兩隻分隔的漂鳥，在茫茫人海中，各奔了東西。

二、蛙跳

蟲聲啾啾，蛙聲嘓嘓，是任何季節，都能聽到的鳴聲。

不過，普遍昆蟲，都會冬眠，唯獨蛙唱，冬夜雨夜，仍有牠們的大合唱。

有年年前，到上海住過一陣，半個月的停留，聽了半個月的蛙唱，聲音發自對面一個公園。

原來，公園水池多，濕地多，一天清晨進去逛，水池岸邊，棲滿一隻隻青蛙，腳步聲逼近，撲通撲通跳下水。那伸長後腿，一躍而下的曼妙姿態，引起一段青蛙舊夢的少年殘事。

那一年，外面局勢稍稍平靜，躲在深山避難的幾戶人家，全到身無分文，無以為繼的地步，只能回到淪陷的家鄉。我們拜託一位欲歸的難友，請他代為發信，代為尋找兩位遠親，求援過來協助我們回家。

過了很久，熱心的難友，居然輾轉找到一位本家，囑咐我們在一個叫「山塘」的小村落，碰面接我們回家。

那天辛苦下山，僱到一輛手推獨輪車，在崎嶇泥石路，迢迢趕赴，到達已近傍晚。小村經過戰爭，田地一片荒蕪，樹枝都已乾枯，幾個小塘濁濁泥水，上面覆蓋一層殘葉。

我們找到一個客棧，破門破窗，除了熱水瓶和一隻茶杯，木床上一頂蚊帳和枕被，別無其他供應，而蚊子之多嚇死人，一簇簇黑壓壓盤旋頭頂，跟著人緊隨不散。

或是受了風寒，當晚發了高燒，母親一夜未眠，給水送藥，那是好心的客棧主人收藏的中草藥。蚊帳上停滿黑斑蚊，一撩開就乘機飛入，叮咬同帳的弟妹，嗡嗡轟叫聲如雷鳴，只有外面一大片嘓嘓蛙聲，掩蓋了些許擾人蚊叫。

夜晚夢魘連連，看見一群小矮人破窗而入，巨頭怪身，青臉綠袍，追趕跑跳，跳起舞來，到後來，竟然撲上蚊帳，張開大嘴似要噬人。急得想要喊叫，但呼吸困難發不出一點聲音。

清早醒轉，我問母親，夜裡進來一批小矮人，可是真的？母親見我燒已退，放心了不少，她說：沒有小矮人，只來了許多撲撻撲撻從窗洞跳進來的青蛙，幫忙捕捉蚊蟲，還撲上蚊帳舔食停滿的蚊子。

原來如此，夢魘中的小矮人，就是青蛙的化身，牠們替過路的一家人，幫了大忙，做了好事！

此後，引吭高歌的蛙唱，身輕如燕的蛙跳，一直難以忘懷。

原刊《文訊》三三九期（二〇一四年一月）

芯心（一九二三～二〇一七），本名丁琛。武進芳暉女中畢業。在大陸時曾任軍事畫報社記者、編輯，來臺後為全職家庭主婦，操忙家務之餘暇執筆創作。著作以散文為主，約有十餘種。

公園素顏

◆邵僴

住屋附近有一個小小的公園，特色是擠了很多蒼茂的綠樹，年齡都很老了，但我很喜歡接近它們，在它們面前，我自覺是很童稚的。後來綠樹又增多了，別地方的障礙樹紛紛移民過來，我慢慢的跟它們熟悉。

最早，我可以繞公園跑八圈，一兩年後，變成六圈，再一兩年，我只能用走的，回來照鏡子，我問自己：怎麼了？鏡子的回答是：一頭白髮。您老了！

夏天即使早晨，也會有一些蚊子，雖然走動，仍不覺被叮咬，癢癢的難受，心中嘀咕：衰老的血液對蚊友有所貢獻，擁有早起的健康，也蠻欣慰的。

到了冬天就不同，滿地都是憔悴、枯黃的樹葉，踩上去，耳邊聽到的是一聲聲嘆息，我不小心，也踩了一鞋的嘆息回家。

那時，我才珍惜春秋公園的蝶舞和鳥鳴。

喜歡歌唱的人説：人會死亡，歌唱不會。

所以有人關在屋子裡大唱特唱，有人在大廣場瘋狂的唱，甚至在靈堂裡唱幾首，往生者也會共鳴。

而公園自然有許多不同歌路的歌者，老太太唱著浪漫的老歌，老先生顫抖的打著節拍附和，兩個人陶醉在一個已走入墓穴的時代，一旁的年輕人互看一眼，會心的、偷偷的笑。另一旁，打太極拳的人，根本視若無睹，用肢體的緩慢，趕走了生活的繁忙和快速。

大樹下，穿白衣的婦人，靜靜的，伸展手臂，向大樹膜拜，吐納，那莊嚴使一隻流浪犬都不敢靠近。

不遠處，有一個做健康操的團體，人最多，穿了統一的運動服，做體操的時候，音量不大。據説，公園旁的住戶對噪音十分感冒，抗議，壓抑了他們充滿活力的音樂，使他們的健康操做起來懨懨的，幸好最後結束的三聲大吼，不但嚇落了樹葉，也恢復了他們健康的信心。

老人的輪椅是公園中的常客，青春的外勞推著，一臉的無奈、木然，如果遇到一個同鄉的外勞，才綻放懷鄉的笑容。癱瘓在輪椅上的老人，歪了頭，仰望天空的藍，陽光好遠，不知有無夢？

一對情侶偎依在長椅，沒有縫隙和距離，密密麻麻說不完的話，連樹梢上的麻雀也沒法比，張翼飛了。

小徑上，走來挺著肚子的婦人，追著前行的孩子，急急的喊：「不要跑！不要跑！」

哲學家的朋友問我：「你不覺得公園也是人生一個舞台嗎？」

我仔細的想，才發現公園是多貌的，它有時候是心跳，有時候是菜肴，有時候是調色盤，有時候是窩。

當我一個人走久了，細看周圍不見一人，竟然感覺：我擁有這片公園，我很幸福，我很富有。

不料流浪犬突然生氣的叫了，我也醒了，揮手公園。

原刊《文訊》三六六期（二〇一六年四月）

邵僩（一九三四～二〇一六），新竹師專畢業。曾任小學教師近三十年、香港國泰電影公司特約編劇、國立編譯館國語教科書編審委員等。曾獲中國文藝協會文藝獎章、全國青年小說獎、國軍新文藝中篇小說金像獎、金鼎獎、香港亞洲出版社小說獎等。著作包括小說、散文、評論、兒童文學、電影劇本等約四十餘種。

華燈下的盛宴

◆姚宜瑛

我和張明大姊家住得近，不用坐車，緩步過一條巷子即到，附近還住著王琰如大姊、痖弦、橋橋夫婦和陳瑛老師（即翻譯家沉櫻）。

琰如姊和橋橋都精烹飪，我常常享用到她們送來的美食，陳老師是山東籍，麵食做得好，她教我許多種麵食的做法，讓我這個除了生日外不吃麵食的江南人大開眼界，她教我做韭菜盒子、蔥油餅、胡塌子，或用電鍋蒸梅乾菜包等。

陳老師任教一女中，她的譯作《一個陌生女子的來信》、《同情的罪》、《悠遊之歌》和散文集《春天的聲音》等十幾本作品，曾風靡千萬讀者。有一時期，陳老師、羅蘭和我三人常抽空一起遊樂，如看畫展、吃小館、逛書店、逛花園、喝茶聊天……那時候臺北最美麗的公園是榮星花園，常常有我們三人的遊蹤，現在回想真是美好、快樂的時光。有一回三人坐在計程車上，忽然聽到前座揚起清脆、甜美的聲音，正在播出《羅蘭小語》，我們後座三人齊聲笑了，駕駛先生不知所以，回頭很奇怪的看著我們。

我認識張明大姊很早，民國三十六年國大第一次開會就見過她，那時她是新聞界選出的代表，我在上海法學院讀書，讀新聞，假期去南京表嫂家玩，隨任職中央通訊社的表哥去大會旁聽並看熱鬧，記得那天在人潮洶湧中巧遇張明大姊，她著一件碎花的織錦緞長旗袍，高跟鞋，姍姍而來，身後還跟著個奶媽，懷裡抱著個小娃娃，她膚色潔白，面如牡丹，豔麗又高雅，真是個美人，來臺後任職《臺灣新生報》採訪主任，當時，《臺灣新生報》是臺灣第一大報，她是臺灣第一位女性採訪主任，也是新聞界最早參加崇她社的文友。

張大姊工作嚴謹，能力強，交遊又廣闊，她好客、喜歡朋友又愛熱鬧，日常衣飾郁麗，家中常高朋滿座，餐會、酒會、茶會、打牌、聊天……日子過得熱鬧而朝氣蓬勃，因為家中常常宴客，歷任廚子都是飯店的主廚，或是飯店退職的老闆，或是精於廚藝的女士……我常被張大姊邀去參加盛宴，一張大圓桌，坐滿十二人或十人，有文友、國大代表、崇她社友、畫家、教授、明星等，她們都盛裝而來，著優雅又美麗的旗袍，或長或短或加背心或外套，真是一屋滿溢衣香鬢影，笑語殷殷，這種宴會對我來說，有種隱隱的魅力，在四、五十年前，習慣上還是著旗袍的多，而她們每一位都是有才幹的傑出女性，偶爾有男性嘉賓被邀，但機會甚少，我只見過香港《新聞天地》的發行人卜少夫，和《中央日報》副刊主編孫如陵先生，這種宴會往往使我想起，幼時大家庭中喜慶的歡樂聚會。雖然她們來自天南地北，但她們是同一時代人，經過八年艱苦抗戰，或生離死別的悲痛，跋涉過千山萬水的亂世佳人，每一位生命彷彿一本精采豐富的大書，這群女士，文友大姊們，她們筆下不再是身畔瑣事，而是五四運動以來，努力以先進女性的思想，紛紛勇敢的尋找自己的天空，自己的理想，有血淚有悲喜，她們有某些共同的回憶，使她們的人生更豐盈，更圓熟，也更寬容。

所以，只要我有空，一定去參加，因此我認識了除文友外的許多位傑出女性，《中國郵報》的余夢燕女士，也是張大姊家的常客、牌友，她也是常著旗袍，她是女中豪傑，創辦世界女記者女作家協會和崇她社都十分成功，她的先生是黃橘霈先生，不喜酬酢，公餘過他老農的生活，在陽明山巨宅裡蒔花種菜植樹，不染山下的紅塵喧嘩，有一次黃府宴客，進門的大庭園裡，擺滿小巧整齊的盆花，五彩繽紛，彷彿鋪上一條豔麗的花毯，引起大家的讚美。宴後送客，黃先生一身米白色的中裝，瀟灑又自在的立在廊下宣布，每位客人可以帶走一盆鮮花，和廊下肥白的兩隻大蘿蔔，還有邊上一張體貼的塑膠袋，當時樂得大家齊聲歡笑和道謝。

又見過被稱國大之花的唐舜君女士，實業家吳舜文女士，外交官夫人徐鍾珮女士，她曾寫過《英倫歸來》、《追憶西班牙》等，她最使人難忘的小說《餘音》，描述中國人在八年抗戰中的苦難和堅強，千萬讀者為之感動而流淚，這樣的好書，早就在書市中黯然消失了，書和人一樣，都有無盡的滄桑。

有一次參觀中國郵報新大樓，樓下有一間湖綠色的屋子，四壁空空，地板和門窗每一部分都漆成鮮亮、典雅又接近大自然湖水的綠色，人站在屋子裡，彷彿站在湖水邊，忽然我記起幾年前站在加拿大的露薏絲湖畔，安詳、寧靜，現在只少了一片湖水拍岸聲，彷彿是人間仙境。黃先生說：「我喜歡做木工蓋房子，這間屋子每一部分都是親手做的。」

做自己喜愛的工作，過自己尋求的生活，該是人生最大的快樂。我懂。

張大姊的盛宴中，還見過青衣名角金素琴、章遏雲，和幾位電影明星，她們曾是我幼年時收集畫片中的美人，雖然青春遠去，依舊美豔動人，最讓我難忘的是張心漪教授，她是清朝名臣之後，也是臺大外文系教授——王文興、白先勇、陳若曦等都是她的高足，她貴為財政部長的夫人，熱心公益，樂於助人，絲毫沒有官夫人的架子，她總是笑臉盈盈，從容自在，給人愉悅而優雅的感覺，有次在中心診所看到她，坐在角落看書，她微笑說在學德文，看的是一本德文小說，她常年生活在學習中，絲毫不倦，五十歲才學游泳，學烹飪，她擁有法國麗池大飯店七張烹飪畢業證書，並請了老師教聲樂，組織合唱團，鼓勵兒媳趙珊成為出色的聲樂家，每年暑假去歐美各地探望孫輩，她八十七歲生日，出版了一本精美的散文集，我參加了她的生日盛宴，她習慣著旗袍，她的旗袍都是藝術品，做工精細，花色高雅，她在「大地」的譯作有《林肯外傳》、《名人書信選集》、《砂地郡曆誌》等十餘本，最使我難忘的是在生日餐宴上，她盛裝著乳白色曳地的長舞裙，隨著舞蹈老師翩翩似蝶的跳起國標舞來，引起全場賓客如雷的掌聲和歡笑。

年前，筆會開會，她來了，身長玉立，著一件白底黑碎花的垂地長旗袍，外加同質料的背心，雍容大方，她親切溫暖的笑容，彷彿一道溫暖的陽光，使人無法想像她已是高齡了。

張明姊與海音姊常也都著旗袍，尤其是張明大姊，我記憶中她都是著旗袍的。畢璞、七七、曉暉也著旗袍，華嚴姊有幾件旗袍美得像畫，潘人木大姊常著旗袍，艾雯也是常著旗袍，有一年作協將開大會，我和艾雯兩人在電話裡暗暗約定，到時候我們都著旗袍，那天我那件灰黃相間花色的新穎旗袍，得到許多文友和艾雯的讚賞，艾雯身體不好，氣喘，不大出門，我們常通電話，總是談花，買花、種花和報上讀到的好文章，其實現實生活中我們需要的也是一盆花和幾本好書，古人說：「君子交有義，不必常相從」，最後一次通電話，她歡喜的說：「我的書《家》在蘇州要出版了，等大陸寄書來會送你一本。」可惜她竟匆匆走了，她在「大地」出版有《綴網集》。

我也有幾件精緻美麗的旗袍，有長有短，深藏在衣櫃裡，有兩件是「五小」同遊普吉島經過香港時買的衣料，記得那天我們在香港有名的老店「鏞記」吃飯，飯後我和海音姊橫過馬路到對面綢緞店買衣料，那家店面小，但歷史悠久極有名，歐美各地新出產的名貴衣料齊全，記得那天有溫暖的陽光，我忽然想起英國作家吳爾芙女士，感嘆女人不能少了一間自己的屋子……感謝上天，我有自己的屋子，做自己喜歡的事，也有閒情披著陽光在異鄉買衣料。

五小同遊已是好多年前的事了，往事如煙都隨歲月流逝，倒是常想起普吉島酒店，後門那一大片海灘，我們一行人坐在木椅上聊天，看海，看月亮，那天月光似酒，月下的人彷彿都沉浸在銀亮的月色中，如醉如夢，眼前的大海也被濛濛的月色浸醉了，海浪只是輕輕的拍著海岸，溫柔的來又溫柔的去，去了又來，如慈母哄拍著懷中的孩子，永不厭倦。

忽然，我又想起萬里外臺北東區的幾間倉庫的書，和書桌上永遠堆積的稿件，隨同我心中許多的夢……這一切都是自己希望的，選擇的，正如《中國郵報》黃橘霈先生那間湖綠色空屋子，裝滿了他的理想，回歸田園，學做老農，過恬靜自在的生活，有那麼一間屋子存在是快樂的，但願每人心中有那麼一間美麗的屋子。

原刊《文訊》三〇八期（二〇一一年六月）

姚宜瑛（一九二七～二〇一四），上海法學院新聞系畢業。曾任《掃蕩報》、《經濟日報》記者、《中國文選》主編。一九七二年十月獨立經營大地出版社，為臺灣文學出版界頗富盛名的「五小」之一，一九九九年將「大地」轉讓給吳錫清經營，由出版人回歸作家。著作早年以小說為主，晚年轉向散文，共計四部。

洗腎記

◆秦嶽

數十年來為痛風宿疾所苦，痛風發作，都是在四肢關節。若在手、臂，舉物維艱；若在腿、腳，寸步難行。嚴重時，拄著拐杖，四腳行走。疼痛難以忍受時，只好服止痛藥或打止痛針來救急，雖有神效，但僅能治標不能治本。痛風發作，顯現於外，無所遁形；腎臟萎縮，隱密於內，不易察覺。時日一久，本來就具潛伏性的腎臟疾病，由於一直重痛風的診治，因而忽略了日益惡化的腎臟，最後不得不以洗腎來度日了。

洗腎，到底是一種什麼樣的情況，事先我一無所知，只主觀的認定，那是一種最痛苦最可怕的折磨！因之，食不知味，寢不安枕，惶惶不可終日。猶記得鄉賢文友朱煥文有一個孩子洗腎，那時沒有健保，洗得傾家蕩產，苦不堪言。如今洗腎有了健保的支助，在經濟上減輕了不少的負擔。但由於對洗腎感到十分恐懼，所以一直思索著，當醫生宣布我必須洗腎時，我就自殺來結束自己的生命。這種念頭在我心中盤旋了很久的一段時間。

如今，我真的開始洗腎了。

臺中榮總腎臟科徐主任一再告訴我，腹膜透析是最自由最輕鬆的洗腎方式，我也深信不疑。沒有想到腹膜透析，每天都要洗，而且長達十個小時；不像血液透析每周只要三或四次。所不同的，前者是在家洗，後者務必到醫院。所以，剛開洗，十分心煩，不能適應。

幸好洗腎是利用晚上睡覺時洗。但是，一個年屆八十的老人，熟睡六、七個小時也足夠了，其餘時間，如何安排，煞費苦心。所幸去年重陽聯誼活動二十周年，在摸彩活動中了聯合文學雜誌社提供的邵氏精典武俠ＤＶＤ乙套十六片。會後主辦的《文訊》雜誌社封社長兼總編輯來電話告知：三十五獎還有附獎。第二天，就收到《文訊》貨運了三大箱遠流出版公司提供的七十二本金庸大字版武俠小說。於是，金庸的武俠小說，成了我洗腎熟睡醒來之後最佳良伴。

既然接受了洗腎，洗腎也不痛不癢，又是利用晚上睡覺時洗，並不像事先想的那麼可怕，那麼痛苦，自殺的念頭，也就煙消雲散了。

在腹部開刀裝設導管後在醫院療養之際，妻花了半個月時間，把原來作為孫子們遊戲的玩具間，清除、打掃、消毒；並增購了新的床組及所需家具，成了我腹膜透析洗腎的專用病房。貼心的兒子，又裝設了新的電視，當我睡醒之後仍在洗腎，讀書讀累了就看看電視，消遣消遣，調劑一下。

一人生病，全家受累。妻搖身一變，成了我貼身的護士。

一個人，從出生，到老、到病、到死，這是必經的歷程，也是人類共同的宿命。現在的我是又老又病，就像逢冬枝頭枯萎的樹葉，隨時都可能凋落的。但在尚未凋落之前，雖老雖病，也就格外值得珍惜了。

洗腎之後，痛風宿疾很少發作，精神、體力，也較以往充沛。於是，利用白天的時間，讀讀書、寫寫書法、塗詩弄文，做自己想做的事，自有一番情趣。也使我格外珍惜屬於我的未來又老又病的人生最後一段美好的歲月。

夕陽無限好，只是近黃昏。李商隱的詩句固然美好，但美好之外，也隱含著淒涼、無奈，感傷的複雜情懷。

所以，我認為：「雖然近黃昏，夕陽依舊好！」你以為呢？

原刊《文訊》二八四期（二〇〇九年六月）

秦嶽（一九二九～二〇一〇），本名秦貴修。臺灣師範大學國文系畢業。一九七〇年代活躍於臺中藝文圈，橫跨教育、文學、媒體。曾任臺中女中、明道中學等校教師，主編《中市青年》，參與創立臺灣師大噴泉詩社，且為海鷗詩社社長、文學街出版社副社長兼總編輯。曾獲青溪新文藝書法金環獎、中國語文獎章、中興文藝獎章新詩獎等。著作包括詩、散文約十餘種。

我怎樣認識趙老大的

◆張拓蕪

民國四十九年六月十九日，我從臺南三分子營房調到臺北縣的林口義士村。義士村駐的是國防部心戰總隊。這個單位大名，從未聽過，當然更不懂何謂心戰？我的上士駕駛士階已經資深到年功俸加三，明年就停止了。

部隊天天出步兵操，一個駕駛士分配大小兩部軍車，大的是十輪大卡車，小的是四輪小吉普，天天洗、擦，無日無之，這是每個駕駛兵的任務和宿命。每周要裝備檢查，日子過得如死蔭谷，毫無生氣和指望。很想申請調出去，換個環境試試，但很難，每個單位主管都不願將自己管轄的士兵調出去；他們帶兵的哲學，都跟韓信學的：多多益善。

我能請調出去，也是費了九牛二虎之力，其中艱難辛酸，真是一言難盡，請調過

六、七次，其中有五次被批駁，打回票，我不死心，繼續努力，四處拜託，不達目的，死不甘心。

皇天不負苦心人，第六次還是第七次終於批准，雖然調換單位和職位（又是文書士），但總算離開了野戰部隊，也算如人意了。

那天不知星期幾？前一天晚上搭夜車從臺南北上，早上才抵臺北。買了汽車票到林口，到義士村得改坐另一家客運的車，車站在廟口，不知廟口還有多遠，一肩扛行李捲兒，一手拖著一只破木箱（木箱是利用廢木板自己釘的），走得既辛苦又狼狽，總算給我找到複印隊這個小單位，但半個人也不見，我無法報到歸建。人很疲累，便靠著床柱子睡，酣睡中忽聽有人聲：「喂，醒醒！」把我叫醒後問：「你是哪個單位的？我沒見過你。」張眼一看，一位矮胖的上尉軍官在面前，我站起來回答：「我剛從南部調來，還沒有報到。」

「你叫什麼名字？」

「我叫張拓蕪。」

「你叫張拓蕪？」這個上尉突然抓住我的衣領，然後咚咚咚給我三個拳頭。

「你不是在臺南當兵嗎？」

「是！我剛從臺南調來複印隊，還沒報到，找不到人。」

「你叫什麼張拓蕪？你知道我是誰嗎？」

「報告長官，眼生得很，我不認識。」

「我是趙玉明。」他指著自己的鼻子，「你知道我為什麼打你嗎？大熱天我到臺南去看你，你卻說不見……」

趙玉明？趙玉明是誰？留下滿腦的愕然及茫然，當我回過神時，他已經走了。

原來趙玉明就是趙一夫，叫一夫更是如雷貫耳呢！鬼使神差，後來我們不但成為好友，且成為他的直接部屬，好友邢進就說：「你們真像梁山泊的好漢，不打不相識。」我是這樣認識趙老大的。

約一年後，辛鬱、袁德星（楚戈）先後報到，他們倆在心戰大隊部。我們這幾個老光棍，數十年來一直都吃公家飯，大鍋大灶都隨伙伕擺布，如此也養成菜來伸手、飯來張口的懶漢毛病，除了偶而上街在路邊攤吃碗麵、喝杯小酒外，從來不曾吃過小鍋小灶。

後來袁德星提議要在外面找房子，作為接待朋友、休閒喝酒聊天的地方，結果當然是無異議通過。於是就在營房後面，林口路林口國小的尾端，一位蘇老先生願意很便宜的將一間小閣樓出租給我們，租金按階級分攤，趙玉明是官，官拜上尉臺長，是我們的頭兒，分攤一半，其餘我們三人分攤。

從此，一群群臺北來的朋友，男男女女、老老少少都上了山，如鄭愁予、王渝、王琪、秦松、李錫奇、江漢東、大荒、陳庭詩、紀弦、朱沉冬、羅馬（商禽）、王泉生等。自從羅馬寫了一塊匾「同溫層」給我們，我們在同溫層，天天喝酒、飲茶，聊天罵街發牢騷。自此以後，同溫層名聲不逕而走。

趙老大和我，不但是好友，並且是長官和下屬的關係。我升了准尉，調廣播中隊，成為李明（中隊長；趙玉明，上尉臺長；我，准尉編撰官）上中下一條鞭的長官與部屬直屬關係。李明是名小說家，筆名尼洛，為人溫文儒雅，待人親切，帶兵帶心，從不雞蛋裡挑骨頭，更從未疾言厲色過，我雖是剛剛報到的小准尉，他卻從未看輕過，待辛鬱和德星，也是這般。

和趙老大相識愈久愈感到他的為人，讓人覺得如沐春風，林口之後，他調馬祖電臺臺長，又把我拉去當他的編撰官，再度成為他的部屬。我在馬祖整整幹了四年有半，已是資格很老的准尉了，因年資因素辦理退伍。退了伍，無一技之長，只得在家孵豆芽，為了我的工作，到處奔波，也碰了不少釘子，只因我無一技之長又無學歷，年紀更一大把，無人收留，他比我更急如熱鍋上的螞蟻。

最後，趙老大在他老長官周顒將軍的機構，於中華民國軍人之友總社，幫我找到一個三級幹事的職位。這工作相當於一般鄉鎮公所的工友，我得幹；趙老大又為了我的進身之階，編了一期《軍民一家》雜誌，趙老大是總編輯，我任編輯，整本雜誌編得美輪美奐、圖文並茂，除了印刷費，未花公家半毛錢，趙老大都把功勞歸了我，又跟周將軍說：「張拓蕪雖然學經歷皆無，可是他能編能寫，而且他連搬運費都省了！」周將軍一聽，大吃一驚，趕緊掏出兩百塊錢塞到我手裡，「感謝，感謝，你未支半毛公費也就罷了，怎能自掏腰包付運費呢？不可，不可！而且雜誌編得這麼好，我要補償你。」

哪有這回事，說得我臉紅心跳，忐忑不安，我只是校對及跑跑印刷廠而已，功勞全是趙老大的，他卻推到我頭上，我只能愧疚，心頭既感激又羞愧難當！

人事命令是九月一日報到，八月三十一日下午三時許，我燒水洗了澡，刮了鬍子，準備明天一早去報到，哪知就在五時左右，老婆晚飯還沒燒，我坐在椅子上抱著剛會走路的兒子看電視卡通，抱著兒子的左手突然鬆了，兒子跌在地上，並且哭嚎起來，把我驚醒，左臂抬不起來了，我明白我是中風了，叫老婆，也叫不出聲音，但感覺右臂還能動，打手勢叫老婆拿紙筆，歪歪斜斜寫了幾個字，一、叫計程車送我到榮總，二、打電話告訴趙玉明我病倒，明天不能報到了。

然後一上車就什麼都不知道了。

什麼時候醒來的，我不知道，只聽到隱隱約約的人聲、病床被推來推去的聲音及女人的哭泣聲，我的右臂和右腿被綁住，身不能動，口不能言，眼不能視，直如植物人。不過腦海尚可思維，聽見鄰床被推走，女人的哭泣，男人的嘆息，這已是第三個了，下一個會不會是我？不敢想，眼淚卻不自禁地流了下來。

不知道我在榮總重症病房躺了多少日子，趙老大說是十二天才醒來，此期間，他著急，煩憂我的妻小，更不知探視了多少回，花了多少的計程車資，還動員了大批文友、詩友，輪班到醫院看顧我，朋友們的大恩大德，這輩子，下輩子，還不清了！

原刊《文訊》三六〇期（二〇一五年十月）

張拓蕪（一九二八～二〇一八），本名張時雄。受過私塾教育，軍旅生涯三十一年，歷任文書士、康樂士、班長、編撰官、節目組長等，一九七三年退役後專事寫作。曾獲國軍新文藝金像獎、教育部文化局大型金鐘獎及個人優等編劇獎、文復會金筆獎散文類首獎、中山文藝獎散文獎、國家文藝獎等。著作包括詩、散文約十餘種。

人間夕照

◆曹又方

到廣西南寧去開會，主要是就近遊覽當地的自然風光。前去巴馬純屬偶然，只緣麗東在美國報紙上看過一篇描繪此地的大幅報導，對我等起了廣告作用。

巴馬被冠以長壽之鄉，對我並不具任何吸引力，由來只重福不重壽的我，一向認為生命的品質和情調遠比單單追求生命的長度來得緊要。何況，活得老還要活得好，簡直是不可能的任務。

吸引人的是，巴盤屯的長壽村是個瑤族自治縣。而且，出城以後，廣西的山山水水無限秀麗。長長的入山之路，雖因十月末梢罕見的暴雨將景色淋得格外水靈，但所造成的塌方也帶來不少驚險。

一條跨越溪水的石橋，將我們帶入依山而建的小小村寨。由於據說居民只有五百多一點，然則百歲老者卻有七人，二男五女。以長壽村為賣點，這兒也搞起觀光事業。陋簡的旅邸、賣店、觀景臺和民舍一摻雜，和原來的淳樸形成扞格。儘管風光美好，環境衛生卻差。

在傍溪的一家小店裡，有兩位作為活廣告的老婦人坐在小板凳上。由於語言不通，只趨近觀望了分別是一百零四歲和一百零五歲的兩名人瑞。只見兩人都是中等以下的個頭，精瘦而毫無肥膘的體態。根據一位同行者溝通的結果，得知二人耳聰目明，穿針引線都不用老花鏡呢！

遊走路邊，只見小鋪的窗臺上，閒閒擱著幾冊長壽祕訣的書。想起以前在臺灣做出版的時候，也出過一本大陸百名百歲老人的書，還記得書名定為《你也可以活一百歲》。值得一提的是，我特別加入了一篇臺灣的攝影大師郎靜山的訪談。

並不曾認真讀過那百位百歲老人的長壽祕訣，約略記得大抵也如巴盤屯的村民一樣，吃食簡單，勞心不多，未經納入現代的生活方式。以都會人的眼光看來，他們被囿限在深山裡，但是活在水泥叢林裡的城市人，又哪來山水為伴呢？這也許便是長壽的理由也未可知。

看過一則報導，動物的壽命應當是完全成熟的年齡乘以五。換句話說，人類應以二十五歲乘以五，一百二十五歲為自然壽命。證諸現實，的確也有人活過這個歲數，不過，百年亦已難能可貴了。

人間世裡，優渥如宋美齡者，都慨嘆自己活得太老太久了，實在是因為活得老，還要活得好之不易。老了，要活得有尊嚴已是艱難，更不要說是活得有意義了！作為藝術工作者的郎靜山，老而未休，誠屬鳳毛麟角。

青春正熾的時候，讀過日本小說《楢山節考》。描述一個貧困的山村，村人在父母年邁的時候，由兒子背負拋入深山，以節省口糧。其中有一個細節，是年華老去的婦人，對自己完好的牙口感到恥辱，意圖撞毀而血肉模糊的景象，令人心驚。這般老境，豈是福祉，而是災難。

後來，在青春尾梢，又駭然驚悟「壽則多辱」。尤其印證在曾經榮耀過的人，晚節不保和老境受挫。這才發現善處老年，比諸苦澀的成長期還難，因為失去了莽撞這項武器。

人，從老到承認老，還要邁過或長或短的時距。但，不論長短，痛苦和恐懼總是相隨相依。

住在大都會紐約的時候，友人相見，或通電話，常問：What's new? 便常答：

Nothing's new! 在那樣活躍的城市，那樣青壯的年歲都如此了，更不要說得到老之將至。

也許，當收到的白帖子較諸紅帖為多的時候，便昭示著時不我予。尤其是有緣的一小撮人，正逐年消失，而倖存者則不是罹患了各種名目的病痛，便是被生活擺布得面目全非。連朋友中最不服輸、不認老的，都已暮氣沉沉，想要換支球桿，還要躊躇不知還能打多久？

老當益壯，是那些極少數老運奇佳的人，自勉勉人的說辭。許多人堅持不肯退休，卻在沒有心理準備下，被時運裁了員，這可要比自動引退還要難堪。尤其是男人，遠比女人更難適應老年生活。這也不難理解，不曾叱吒風雲，也就少了幾分失落感，就如美女要比醜女更無法接受紅顏已老。原本相對於勝極的韶華，遲暮已然堪憐。

紛紛老去的人，不約而同地，都在埋怨人生無趣。

可不是嗎？人到了某個年齡，很難超越自己不說，更難另起爐灶。既無法過另一種生活，也沒有條件東山再起，還能對未來有多少期待？尤其是後浪推前浪，自己已被無情地遺留在時代後頭。

諷刺的是，雖然號稱自己不再有想去的地方、想要的東西和想見的人……但是，當什麼欲望都消失的時候，隱隱中，竟然對一切又都放不下了，甚至重新燃起希望的微火。儘管感嘆人生一切皆是徒然，但是搖擺不定的心緒，恰恰如實地呈現出永恆和破滅之間的相容相生。

許多人都曾發下豪語，說自己對批評和讚美都已無動於衷，甚至表現出一派的緘默和淡然。然而，在面對被遺忘還是榮耀的時刻，只要有選擇，仍然會是後者。即使是一個已向死亡恬然引退的人，面對秉賦消失、機遇不再，感到絕望透頂、生命已然沉寂，仍然敵不過這一聲召喚。

年歲輕的時候，常笑言「不怕死，只怕老」；又說「不怕病，只怕痛」。末了，卻發現事實的真相是病和痛都可怕，而且愈老愈怕死。

有趣的是，儘管活得孤獨寂寞，而且愈老愈悲慘，落入了哀傷的洪流，卻也不肯讓自己進入永眠。理智上，雖然也認知到沒有比死亡更好的歸宿，但是生之執著卻如死之堅強。也算是好生之德。

不知有多少次，禁不住羨慕那些在睡夢中溘然而逝的人。那是多麼大的福分啊！大病之後，每每思及這人生最後出口的難於鋪排，真真是千古艱難唯一死。尤其是對於那些被逼到死角的人，愈發能有深刻的體悟。

不過，話又說回來，雖然人必有一死，但仍然是個懸念。即使處於萬念俱灰之中，一條生命線，多半情況仍會延續下去。以我而言，曾經考慮過遠赴荷蘭接受安樂死，也渴望擁有一顆間諜用的死藥，或者在失去行為能力前燒炭……卻依然呼吸健在，仍不知自己何時、何地、怎麼個死法。人生之有趣便在於此吧？

前此曾讀到名教授錢玄同的激烈言論：「人到四十就該死，不死也該槍斃。」因為，有感於中年以上的人多固執而專制。是啊，專制固執，也就是乾涸難再改變之意。然而，他卻在五十三歲死於腦溢血，並未實踐自己的主張。不由想起，巴黎有群學生在十九世紀五〇年代成立一個「自殺俱樂部」，用戲謔來表現認真，只不過成員中僅有一人在三十歲前採取行動。足見，貪生懼死是為常態。

只是，人，老了，可怕的不僅僅是無趣，而是無情。

大家咸信，人老了，在逐漸喪失了青年人所擁有的勇敢、熱情、堅強之後，理應讓平靜、慈祥、耐性種種美德取而代之。事實卻不然，老來並不乏脾氣格外暴躁、乖戾、怨天尤人的人。於人於己，都變得無情了。

這是因為珍貴的事物一樣樣失去，什麼都沒有了，卻唯有自尊心如日中天！

垂暮之年，脆弱的身心對尊嚴受損格外敏感。他人同情也好，鄙夷也好，都一樣帶來屈辱之感。生命的情境，很難讓人不感到活著的每一天都在不斷遭受懲罰。

王國維，便是一個絕佳的例子。雖然關於他自沉於頤和園的昆明湖魚藻軒前的因由，眾說紛紜，但是赴死前留下的「五十之年不堪再辱」」遺筆，畢竟可信。在逼債、殉情、喪子、對傳統文化悲觀的種種臆測之中，梁漱溟、梁啟超、顧頡剛等人都傾向於受辱恐懼。尤其證諸遺書中所言：「五十之年，只欠一死，經此世變，義無再辱」，更為確信這位一代大儒選擇自殺是在規避可能受到的侮辱。

相形之下，有著和平中正性格的朱自清，面對病老自有一番見識。雖然生活一直拮据，又養育七個孩子，但是他卻寫作認真、教書嚴謹，生活規律。在他死於胃病之前，體重只有三十五公斤。如此艱苦磨折的一生，卻在書桌玻璃板下壓著改寫於唐人詩句「夕陽無限好，只是近黃昏」而成的「但得夕陽無限好，何須惆悵近黃昏」，作為他的座右銘。

老來，無趣嗎？無情嗎？尊嚴喪失嗎？這些或多或少均屬實。猶記得年輕時候為文人唱：「不是活得更老，而是活得更好」；又大肆標榜「優雅的老去」一說。真是何其天真？何其無知啊！

有天翻看一位主編贈送給我的《金色年代》——一本專給中老年人看的雜誌。上面引用了余秋雨說的話：「一個窩囊的中年抵達不到一個歡快的老年。」話雖中肯，但知易行難。不過，證諸重症前有良好生活習慣的人，較易痊癒之理，信然。走過癌末的我，不能不歸功於素行良好。

每在旅途中，遇見一票票身穿「夕陽紅」恤衫，頭戴「夕陽紅」運動帽的老年人，深感活著的興頭、甚至盼頭，畢竟還有不少是取決於自己的。儘管活得更好，優雅的老去，都是難之又難的事，不過老年自有老年的樣態，無須與往昔評比。至少，我認為可以活得從容一些，瀟灑一些。放眼望去，周邊也多有未把年齡放在心上，活得怡然自得的人。老來，不怨不卑，能夠用自然態度順養天年的人，才算高人。

原刊《文訊》二八二期（二〇〇九年四月）

曹又方（一九四二～二〇〇九），本名曹履銘。世界新聞專科學校編採科畢業。歷任拓荒者出版社總編輯、《聯合報》副刊編輯、《實業世界》、《老爺財富》雜誌總編輯、美國《中報》文藝版「東西風」主編、海外華文女作家協會會長、中國婦女寫作協會理事長、圓神、方智、先覺出版社發行人等。曾獲洪醒夫小說獎等。著作包括散文、小說近六十餘種。

秋的詠嘆調

◆梁丹丰

冬天來了！春天還會遠嗎？
曩昔學文，對這句話印象很深刻。
時序的節奏如此分明，四季的輪替如此精準，歲月的軌跡不容輕忽，日月的輪轉，
卻是易被忽略的運行不息……。
然而，為什麼，在黑夜等待黎明特別漫長？
由盛夏入新秋，竟有許多情不願、心不甘？
少時讀多了傷秋、悲秋，甚至怨秋的詠嘆調，縱不善感，也受到薰染，往往無端端
悵惘愴涼，糾結五內不能去。
某日題之入畫自遣，不意受到無病呻吟之譏，無可抒解之際，步行於山澗、溪畔，

躑躅尋思，一任荒榛野芒，劃破肌膚渾不覺。

鄰近有片茂林，平時不見天日，蟲蛇出沒，杳無人跡。春末夏初，仍有紛攘崢嶸的野卉繁花布其中，夏去秋至，遍地草衰，所有植被的根莖全都裸露，木葉蕭颯間，大地固有的容顏又復清晰明確，被遮蔽已久的赤土黃土重新現形，再度吐納泥塗固有的芬芳。

是的，大地的泥塗本來就芳香，它大方無私地頤養所有形式的生靈，也任大樹小草，各司所責，守到長夏將盡，階段性任務將告段落，一向隱身背後撐持，擔當的枝幹，也得以輕鬆跳出舒展了。微雨過後，它們濕漉漉地聚成一種溫煦仁厚的紫棕和黑灰之色，沉著、更穩健。

這時，枝頭的綠意，已悄悄換成沉悶的橄欖綠了，它們很快轉成淺淺的檸檬黃，繼由深深的金黃、岱赭，變朱紅、火紅、到紅紫，在爽朗的秋空下舞動生輝。

它們色相、明度和彩度都呈無瑕的強烈，遠遠超越春花和炎夏中的光鮮生命，令人傾心驚嘆，如痴如醉！呆呆湊近凝望它們，我忽然明白為什麼在傷秋悲秋外，仍有無數華麗的文采、情不自已歌頌秋光之美！

不但如此，它們的色系變速非常快，由明豔照眼，到眩人目睛不稍駐，催得我的畫筆忙碌調色沾水幾近瘋狂，仍無法如願把它們的亮麗捕捉到手。三天之後意猶未盡，追夜幕掩至，我一步一回頭，招呼它們明天見！

太累了！就著淅瀝之聲，如飲醇酒入好夢，翌晨挾著畫簿奔回去，還未走到就愣住了。

天啊！是匆匆夜雨嗎？所有顏色全部打翻啦！原本頂在枝頭的金光鋪綴滿地，先前屈處下方的枝幹，反而踩著金光直指天穹！業已研擬定格的構思全部落空，所有計畫只好重新來過，不知所措中，忽然發現還有三、數顏色留在枝頭痴痴等！時不我予急起直追。即將完工還未收筆，突然一陣橫風掃到，最後的紅葉、黃葉只在空中旋舞一圈就飛走了！

枝幹禿了！落葉歸根了！

金光不見了！已入畫圖中！

留駐它們努力絢璨的光華，永遠莊嚴地訴說責任完成的輕鬆！

冬雪，把它們密密覆蓋成泥滋育來茲，明春，枝頭又見豐腴動人的輪迴汰替，大自然的生命教育原來如此奇妙，正如我們的人生長途，永遠有山環水抱的桃源世界、有瞬息幻變的彩霞滿天，有一波波湧至的沖激一何急！也有可泊可止的夜港……只要我們曾經盡力而為勇敢璀璨過！

我含淚描寫它們、滿懷感恩和祝福！

原刊《文訊》二八二期（二〇〇九年四月）

梁丹丰（一九三五～二〇二一），杭州藝術專科學校西畫科畢業。先後任教於臺灣藝專、中國文化學院、銘傳大學、臺灣師範大學美術系及紐約聖約翰大學。一九六九年創辦快樂畫會，其後行旅海內外講學、考察、開個展暨參加各國年展。曾獲教育部文藝獎章、國家文藝獎、教育奉獻獎等。著作以散文與繪畫為主，作畫七十餘載，出版近七十餘種。

自求多福

◆莊因

開設在臺北市東區，具有四十一年歷史的名江浙餐廳「永福樓」，於二〇一九年二月，熄燈閉店，走入了歷史。看中文報紙上，大幅報導永福樓的最後一夜，政要及老主顧充斥全場，座無虛席。刊出的照片，更顯示店家重要人物，在鐵門徐徐降下時，在門前一字排開，對外鞠躬致謝，流露出無限令人懷舊與追味。

這家餐廳，在過去的四十一年中，從茂密青絲，到轉成一頭頹落白髮的我，於長期旅美多次返臺時，去過無數次。永福樓的名菜，對我來說，並非烤鴨或水晶肴肉、肴蹄，也非較之西餐廳還到位的牛排，而是其吃得令人「落胃」的乾燒大魚頭。我在海外兼夾西式的中餐館從未吃過那般美味純中式的菜肴，過癮之極。記得在我八十歲生日那年回臺灣時，四弟莊靈及弟妹陳夏生夫婦為我八秩壽宴設於該樓，席開兩桌。客中有好友劉振強先生、學長張亨教授，於今竟都先後作古，老友師兄鄭清茂教授及我本人，平日出外散步也須持拐杖而行，以策安全。真可謂滄桑無奈。福者，備也。備者，百順也。所謂百順，意謂無所不順，生活圓滿完備，福乃出焉。因為生活是自我經營的，也必須自求，方可得到。

永福，其實只是今生之人的一種奢侈的期望，而人生有限，福並不永存。不過，我們對於生活的憧憬，總是抱持肯定的樂觀，乃係常情。因此，對於臺北永福樓餐廳的閉店，姑不論是何因由，總感遺憾。彷彿一盞燈火熄滅，在新的燈火照亮之前，難免會有黯淡的感受。這種感受，當然更與在該餐廳最後一次共餐的友人謝世有關。

說來湊巧，在臺北市永福樓餐廳閉店消息見報之後，在我們灣區享譽的「大鴻福」中餐館，也將於月內閉店歇業。我在灣區參加了一個由十餘位耄人組成的「老饕團」，每周聚會一次，擇一餐館大嚼一頓，此餐館「大鴻福」即是大家常去的一家餐廳。常去，不但與菜式有關，餐館的名字當然有其原因。住在異族的社會裡，自求多福更其重要。像這樣與同胞歡聚的場合，大家的參與，十分積極。今年豬年的聚餐，團員偕眷參與，席開三桌，就在大鴻福。我為了此聚會寫了一首打油詩祝興。

愛吃、貪吃、能吃、會吃，是老饕。
每周聚會，有說有笑，散鈔票。
燒餅油條，南北佳肴，嘴不刁。
雞鴨魚肉，豆腐青菜，一般高。
睡得好，起得早，健康就是寶。
精力旺，青絲少，年年江湖老。
自自在在，福福泰泰，無煩惱。
加州全美數第一，天時地利萬人迷。
金山灣區福人地，自在逍遙真安逸。
嘿！豬年氣運足，歡聚大鴻福。
享樂當前隨流俗，儘管向前邁大步。
我拿青春賭明天，你用今朝來生逐。
花旗[1]長駐，心無旁騖，別無所圖。
無所圖，穩得福[2]，是好是歹心自如。
來！來！來！小兵卒，去！去！去！大鴻福。

註：

1. 此為「美國」之代名詞。
2. 此為英文wonderful一字之音譯。四弟莊靈為我設的八十壽宴備有「嘉賓錄」一冊，供親友題寫留言之用。張亨學長寫了莊子〈逍遙遊〉的「上古有大椿者，八千歲為春，八千歲為秋！」為賀。我實愧不敢當此大福，只求自求多福，永福、鴻福，都好。

原刊《文訊》四〇六期（二〇一九年八月）

莊因（一九三三～二〇二二），臺灣大學中文系碩士。曾任教澳洲墨爾本大學、美國史丹福大學亞洲語文系，曾於二〇〇四年九月至二〇〇五年一月任東華大學駐校作家。早期寫短篇小說，一九七一年起轉向中西文化散文創作，兼及繪畫、書藝，著作約十餘種。

有感

◆郭良蕙

歲月

不願和分別太久的朋友見面，免得見面時，暗暗驚訝對方的改變。那種改變就是一面明澈的鏡子，毫不留情反映出自己的改變。因為自己也幸運不了多少，別人也會暗暗驚訝。

也不願和分別太久的朋友長談及常談，多年各自一方，環境兩樣，缺乏共同話題，只能圍繞往日舊事打轉。有的人還會重重複複，顛顛倒倒，更顯出身心都已退化、衰老。

勸修《聖經．箴言》，共三十一章，每日一章，每月一遍。沉思默想，更加與世無爭。

有信仰，有寄託。環顧周遭，滿是醫院病號，按時就醫取藥，個個苦不堪言。而自己，深知耶穌基督是大醫生，但自己也必須做個好護士，照料飲食起居。如此，倒也無感於病痛。甚至忘記年齡，至少不去想年齡。

但是別人沒有忘記，別人在想。也許出自關懷，只要交談，就數算你的年齡，並且關懷同一時代的人情況，自然都和好消息無緣，像誰跌斷腿；誰老人癡呆；誰加護病房；誰油盡燈枯。年齡相近，有的還要年輕。

聞之不覺黯然，頓有秋意，好像佇立於暮色裡。

居所的長窗，裝滿日落黃昏美景。

憑窗眺望，想到那句「暮靄沉沉楚天闊」。

「沉沉」，夠蒼涼，夠蕭瑟。

好在還有遼遠無際的「楚天闊」。

孤獨

動物中的貓科，大貓，虎豹之類，體形優美，皮毛燦爛，強勁凶猛，威震林野。

虎豹大概自己也知道其美麗，因而稱豪。優越感使之孤傲自賞，不屑合群。生來單打獨鬥，往往來來都形單影隻，孤獨一世。

而合群的角色，如牛羊之輩，自知平庸，能力有限，才集體團結，誰也不敢冒險落單，以免引來禍端。

人，又何嘗不和動物相似，一般大眾，生在百姓家，註定庸碌終生，又無力單槍匹馬闖蕩江湖，也就默默認命到底。

只有少數，天生麗質難自棄，不甘埋沒，才不顧一切奮勇凸顯，倒也能闖出一片天。但因自視過高，和一般凡俗之類格格不入，雖然出類拔萃，取得聲名，卻也取得孤獨。

現今社會，無麗質卻難自棄的人越來越多，即使並未具備任何條件，仍然異想天開。正途難邁，邪途易行，於是想盡點子嶄露頭角，處處製造笑柄，搶爭畫面。透過媒體，日常盡見菜鳥亂飛，令人嗤鼻。此等人物，既不能超越，又難歸起點，不久就消聲匿跡。只怕最後落得醜陋而孤獨。

又能怪誰。

偶然和必然

電器時代。日用家電奇多。天長日久，難免故障，必須修復，或汰舊更新。

友人電視故障，來個搥搥打打，就恢復正常，其他電器有時也如法炮製。

我無此經驗，視為笑談。

但我的小鬧鐘出了問題。

小鬧鐘陪伴甚久，朝夕相處，頗有情感，卻忽然停擺。換個電池，走一陣，又告停。

再換個電池，亂套幾天，還是不行。

心想使用太久，已告天年，棄之也罷。

作廢以前，卻又不捨和不甘。記起那番笑談，決定敲敲打打，破罐破摔，且看是否有藥可救。

不料挨受懲治後，小鬧鐘竟如夢初醒，一直走得很準。正如箴言所言「責備增加智慧」。

由此，人若一蹶不振或步上絕境時，可能也需要狠狠教訓，進而刑以重典，促其清醒徹悟，重新起步。

人，原本如機器，構造複雜。有時某個方面接觸不良，便立即出岔錯，不可輕易放棄。

偶然，常由必然而來。

土法煉鋼，試之無妨。

原刊《文訊》二八二期（二〇〇九年四月）

郭良蕙（一九二六～二〇一三），復旦大學外文系畢業。是五、六〇年代具代表性女作家之一。創辦《音響世界》雜誌，曾任《上海新民報》記者，後專攻小說創作，晚年浸淫於古董文物的研究，創辦郭良蕙新事業公司。著作以小說為主，兼及論述約八十餘種。

逛胡同　看王府

兼論和珅

◆陳司亞

北京為了發展文化景點，近來由重修圓明園、恢復天橋，跟著起鬨的就是「胡同熱」。古都景觀被炒得火紅，而「逛胡同」、「看王府」更是紅得發紫！不過眾家王府現今碩果僅存、而整修得很有看頭的，就只有恭王府了（為了達到「整舊如舊」，材料與技術都煞費苦心）。這天外甥女趙陽陪我微服巡，目的地就是恭王府。

我們剛近邊境，就有「現代祥子」（三輪車夫）前來兜攬生意，索價八十元。趙陽問我要不要坐，我以為自己好腿好腳，幹嘛要坐著讓人費力？而且「猴」在車上，就失去「逛」的意趣了。再說逛時看到有興趣的地方，不妨多看看、多問問，如果有個三輪車跟著、等著、絆著，反而成了累贅。

走不多久，一排牆壁上寫著巴斗大的「逛胡同」三個大字。對面有三輪車十多輛戰車般的一字排開，公訂價格三百元。距離近了，價錢反而高出數倍，怪吧？原來這些都是公營，踩三輪的抽成若干。剛才的則是「個體戶」，賺多賺少全歸自己。貴點也有人坐，大都是外籍人士。他們雖然是「洋」人，到了這兒，就顯得很「土」，哪裡知道「逛」的閒適從容妙趣。

三輪車夫的穿著一律是傳統式的唐裝，大概是經過名人指點的，鈕扣只有下面一兩個扣著。脖子上掛條毛巾，一張嘴就溜出老舍式的「京腔」。

每條胡同，都呈現出古老歷史的原貌，這一景象在二十一世紀的大都市裡，蔚為奇觀，很像民初時代電影的場景。房屋街道，也都原汁原味的保持著那個時代的氛圍。我們在熙來攘往中，也好似影片中的路人甲路人乙。在舊式社會中冒出如許的新潮人物（包括各國老外）而且融為一體，滿眼都是這樣的矛盾組合，理順成章的自成一格，捲成巨瀾！

俗話有「酒香不怕巷子深」。於此可見恭王府的魅力有多厲害，不但穿透了歷史，也穿透了國度，更為政府賺進了大把銀子，這些都是北京「敗部復活」的「文化資產」。

很好玩，有個美國小帥哥，一身牛仔裝。他覺得踩三輪比坐三輪車有趣，就跟車夫打商量角色互換（車資照付），車夫當然「正中下懷」。那小子刻意誇張的擺動著身軀，渾身是勁。車夫坐享其利，笑得眼睛鼻子都分不清了。真是「天作之合」，兩全其美。

之前，我曾查閱一下「恭王府」的「身世」。起先和珅家老宅在西面的驢內胡同，是清初論功行賞時分配給尚康於正紅旗的和家。而後和珅平步青雲，顯達起來，便在什剎海畔修建他的新居。他的官職與豪宅同步上升，版圖之大，建築之美，令人驚嘆！如今「恭王府」顯然已非昔比，但其豪華精美，仍然無出其右。

恭王府正門建築很像圓明園中的西洋樓格調，是一座具有西洋風味的漢玉石拱門。門額上題「靜含太古」，取自老子「山靜似太古」之意。雕工圖案都有來歷，每一方寸之間，都有學問。

王府花園又名萃錦園，園內花草樹木各展其不同的顏采與風姿。另有水池，池中荷葉鮮綠如畫，一陣微風，荷葉微微一斜，那位新月派詩人的詩句就出現了：「小珠一笑變大珠」。你彷彿真的看到小珠「一笑」的模樣。頃刻間，你能分得清究竟是景美還是詩美？池內有一假山，是一整塊巨型太湖石，浪激波滌，年久孔穴自生。按石以皺、瘦、透為貴，太湖石三者齊備，雅擅其勝，極為珍貴，成為藝術家「驚豔」眼光的焦點。有位老華僑，曾來此三次，為的就是「再看一眼奇石」。對此石似已有了感情，人稱「現代米芾」。

後花園內有一祕雲洞，洞中有一「福」字，來頭很大，傳說是康熙為祖母孝莊六十壽誕所書。又傳說「福」字左部頗像「子」，右部似王羲之的「壽」，右上角似「多」，右下角是「田」，總結為「多子多田多福壽」。孝莊原本身體羸弱多病，由於「福」帶來了「福氣」，身體逐漸康健。因此，這個「福」字成了傳承之寶。後來不知和珅用何法將此國寶藏入自家。真是大小通吃，膽大妄為。

寶約樓另具特色，樓高兩層，上下層每間各開一窗，下層窗都是長方形，上層則是形狀各異的什錦窗，全無重複。窗口琢有精細磚雕紋，造型獨特，古樸典雅。樓內以木假山作為樓梯，全世界建築史上也未有見，這樓有個奇怪的名字——九十九間半。

寶約樓非可小覷，是和珅的藏寶庫，窗形各異，則是標示著所藏寶物的類別。由此可見他是招財進寶的高手！據有關文字記載，和珅的財產，是當時全國年收入的兩倍，豈止「富可敵國」而已！

恭王府內亭臺水榭，朱欄小樓。處處都凸顯天潢貴胄的尊貴、豪門王府的風采！據當時來華訪問的朝鮮使者記述：「和珅家富麗，擬於皇室，有口皆言，舉世側目！」

和珅最得勢時，和府門前真的是車水馬龍，王公大臣無不爭先恐後的趨之若鶩。和府成了賄賂的大本營，人生欲念的展示場。和相每日入署，士大夫之善迎阿者，皆立伺道左。當時稱為「補子胡同」。有人還就身著「補服繡衣」的官吏們的奴才相作詩嘲諷說：「繡衣成巷接公衙，曲曲彎彎路不差。莫道此間街道窄，有門能達相公家。」

這兒我要回過頭來說說和珅宅怎會叫「恭王府」？寫「恭王府」時談來談去，為何又全是和珅呢？因為和珅獲罪，該宅被仁宗（嘉慶）收回改賜慶郡王永麟，咸豐年又改賜奕訢王（宣宗子，封恭親王）為「恭王府」，一直沿用下來。該府所以睥視天下，完全歸功於和珅大事擴建。

細數恭王府前後主人，最聰明、最有才學的就是和珅。他是智慧的外交家，語言魅力大師。精通滿、漢、蒙、藏四種語言與文字。他姓鈕祜祿氏，字致齋。高宗（乾隆）對他恩寵有加，要風有風，要雨得雨。他二十七歲任軍機大臣，三十七歲授文華殿大學士，兼吏、戶、兵部尚書，四十七歲成為「一人之下，萬人之上」的首輔。縱橫天下二十年，如同拉鍊般的咬合，一路順暢。真的是鷹揚萬里，目無餘子。結果下場最倒霉、最悲慘的也是他！仁宗原意將他凌遲（就是罵人最毒的那句話：「千刀萬剮」），由於和孝格格（和珅兒媳）苦苦哀求，才改為賜他自縊，得保全屍。和珅入獄後作了首

〈上元夜獄中對月〉，內有「百年原是夢，廿載枉勞神。室暗難換曉，牆高不見春」之句。大澈大悟——「多麼痛的領悟！」然則早知如此，何必當初！人生沒有綵排，沒有NG，也不能重來一次。

說來說去，還是名利太誘人了，不撞得頭破血流，不跌得粉身碎骨，怎會清醒？和珅那「牆高不見春」詩句，一直在我的腦子裡縈迴不去。

恭王府裡裡外外充滿了燦爛、顯赫與榮耀，也充滿了欲念、墮落和罪惡！其本身就是一本大書，一磚一瓦、一草一木，都是文字。記載著的榮華富貴，跟著歲月的流逝，亦如過眼煙雲，俱往矣！給人留下鏡鑑。

一位穿著長袍、仙風道骨的老翁吟哦喃喃：「走在雕樑畫棟中，走在紅花綠葉裡。如果再有成群衛隊，如果再有成群妻妾。豈不又是一番風光，豈不又是一番天地！」

分不清他是反諷，還是感慨？他莊嚴得像是千年老松，詩也俗得耐人咀嚼！

有一組房屋，我們還未進去，我就說出裡面的格局，以及樑柱的特殊款式。進入之後，果然絲毫不差，稀奇不稀奇？趙陽驚詫得一喳呼，引來眾人詢長問短，弄不清我是何方神聖。我想了想，原來《還珠格格》連續劇，很多地方就是在這兒拍的實景。一笑！

原刊《文訊》二九九期（二〇一〇年九月）

陳司亞（一九二六～二〇二一），鎮江生存中學高中部畢業。曾任職國防部。曾獲革命文藝小說獎、自由青年散文獎、國軍新文藝短篇小說獎、新生報小說獎、國軍新文藝金像獎電視劇本獎、時報歌詞徵文獎、電影基金會電影劇本獎等。著作包括散文、小說，亦投身電視及電影劇本寫作。

一日

◆陳冠學

每個人的每一日就是每個人主演的一幕劇，這些劇，有先寫就劇本的，有隨機演出沒有劇本的。概括地言之，這些劇所演的，不外是「悲歡離合、榮辱得失」八個字。

以筆者為例，設自一九三四年一月十一日算起，至二〇〇九年一月十日止，本人演出二萬六千六百九十八幕劇。頭二十年，也就是前六千七百零五幕劇，或許可以可有可無來加以看待，但後近二萬幕劇，則或多或少牽連到整個臺灣社會，甚至逸出臺灣社會的範圍，牽連到其他地區的千千萬萬幕劇，如此一計算，不覺毛骨悚然。

這些一幕劇，雖或頗有些獨幕劇，可也多的是連續劇，縱橫錯綜，其互相關涉的情況，實至令人目眩神暈。個人的悲歡離合，榮辱得失，依據蝴蝶效應，乃至可糾結成熱帶氣團，終至釀成秒速百米巨颱。

有些幕劇，或優點得閃爍動人；有些幕劇，或醜陋得齷齪駭人，其間差等，無慮萬千，這些差等也就反應了個人生命人格的差等。

一日日一幕幕地接疊，構成了一個人的一生。整個社會的橫接豎疊，形成了一個時代。個人有謝幕之日，時代也有謝幕之日。長江後浪推前浪，世上新人趲舊人，這便構成了人類史。

往事不堪回首，個人史如此，人類史何嘗不是如此。個人會衰老死亡，人類也會衰老死亡嗎？

本題目可以三言兩語，輕輕概括表出，至如要詳加敘述，千言萬言未必可以道盡。還是將這一場境留給每位讀者自己去馳騁其無邊的想像力罷。

原刊《文訊》二八〇期（二〇〇九年二月）

陳冠學（一九三四～二〇一一），臺灣師範大學國文系畢業。曾任國中、高中、專校教師，並主持高雄三信出版社。一九八一年辭去教職，避居高雄澄清湖畔；一九八二年搬回屏東潮州新埤老家，專事寫作。曾獲時報散文推薦獎、吳三連文藝獎、臺灣新文學貢獻獎。著作以論述與散文為主，兼及小說約二十餘種。

溪洲春曉

◆傅林統

在溪洲水鄉度過童年的宗培，有一天情意殷切地送來一幅油畫，是他央請崁津畫家陳振科描繪的〈溪洲春曉〉。細緻的筆觸、完整的構圖、沉穩的色彩，豐富的呈現了一種藝術的語境。

紅瓦白牆，正身護龍，土牆圍繞著寬敞的晒穀場，那不就是臺灣典型的農家三合院，許多人記憶中溫馨的家園！

屋前稻田連綿，小河潺潺，岸邊繫著漂浮的小舟，屋後翠竹修長，盎然成蔭，遠處雪山連峰與藍天白雲相映，霽日光風，草木欣欣，一片祥和的氣息。

此地人說的「溪洲」，泛指河流沖積而成的三角洲，可是畫裡的溪洲卻別具意義，它是宗培鄭氏家族，一群往外風光發展或黯然流落的人們，永難忘懷卻已消失的「家鄉」。宗培在外鄉經營藝術陶瓷，業績輝煌，可是他念茲在茲的是童年的溪洲，淹沒汪洋水域，碧波盪漾，水鳥盤旋，蓁蓁草綠的板新水廠集水湖。業餘閒時，徜徉湖畔，回憶兒時景光，是他最甜美的娛樂。

我並不是「溪洲人」，為什麼族群情感格外濃厚的宗培，會特地送我珍貴的〈溪洲春曉〉？想來那是由於我久遠之前經歷的「溪洲情」，如今已然融入他們的群體記憶了。

民國四十年代，政府實施大規模的「戶口普查」，是以國力調查掛帥的多元目標行政措施。所有基層公教人員全被徵用為「普查員」，在大漢溪畔的小學教書的我也不能例外。因緣殊勝，分配的普查區，竟然是嚮往已久的桃花源——溪洲。

普查除了實地挨戶訪問、核對、填表之外，最重要的戲碼在全國統一的「普查標準日」，那天午夜，普查員要會同鄰里長以及警察人員，家家戶戶面對所有人口，因此各地居民都得準時趕回戶籍所在地，宛如耶穌誕生時，約瑟和瑪利亞僕僕風塵一般。

這是何等嚴肅刻板的事務，可是在桃花源般質樸的溪洲，可就另有一番溫馨的人情味了。

從學校到溪洲約四公里，途經大漢溪兩大分流，第一分流在漫長的石板坡下，「渡船輝仔」隨時伺候，他是專業擺渡人，不會誤時誤事，可是下了船卻要徒步熱燙的亂石河灘，還好，石縫生長雜草野花，搖晃著身手散放青草香。遠望層層疊疊的山峰，近觀綿延水窪、沙丘間的水草、花生、番薯，感受翠綠的河畔，如茵的田園，瀰漫著自然美，見證農人艱辛的耕耘和堅忍的生命力。

進入鄭家村，還得渡過第二分流，擺渡的苦力仔伯，已在那兒等候多時，立即賣力撐過水勢湍急的河身，讓我平穩的站上真正的溪洲地，仰望高聳的屏障——鳶山。平坦濃綠的田疇，蜿蜒的小路鑲著沙地常見的草種——含羞草、接骨草、蒲公英、山地豆、野薑、野草莓，還有淙淙溝渠裡的浮萍，當中潔白的野百合最是令人驚喜！走出柳林，一田繁華的紫雲英，迎面拓展你開闊的視野，無數的彩蝶旋舞花間，不畏人影的野兔、竹雞、斑鳩，躑躅你腳前。

這裡家家是大戶，填表十分費時，第一天，聚精會神，不知不覺已近中午，沒帶便當，不好意思在別人家吃飯，看看錶，收拾文件站起來辭別主人。那忠厚樸實的中年農夫，堅持要我留下來用餐，我佯稱還要訪問另一家，他點頭表示同意，可是當我快步走向河邊渡頭的方向時，突然從後面傳來那親切又急迫的聲音：「老師！你騙我！」

回頭一看，原來他一直尾隨著，看我不是訪問另一家，而是打道回府時，忍不住喊住我，然後懇切的說：「你這樣走回家，會誤了吃飯時間，你到另一家，他也會留住你用餐的，來！我們鄉下人米飯、魚蝦有的是！」

折回鄭家，主婦已端出滿桌飯菜，都是田園的產物，小河裡的魚蝦，山邊竹林的嫩筍——甜美、新鮮、可口。

說實在話，單身搭伙的我，當時的午餐是個難題，然而在溪洲鄭家村，竟然是在那麼濃濃人情味中解決了，此後一周時日，我的午餐就是餐餐豐盛溫馨，記憶歷久彌新。

沃爾達．梅雅說：「當一個人長大成人，回憶昔日的情景，雖然是久遠的幼小的時候，可是那些滿心抑不住的歡喜，說不出的快樂和幸福，還有恐怖、嘆息、苦痛等，竟然都在瞬息之間就可以想出來，當時的心境、當時的感覺，一模一樣的重現了！那回憶的經驗，是一種智慧的飛揚！」

感銘在心溪洲情！每當溪洲鄭氏宗親會，我就會受邀重述再重述，說不盡，聽不厭！

宗培說：「這個年紀了，對少年時接觸過的事物，閱讀過的書，再做一次反芻和省思，不僅溫故知新，更是生命豐盛，心靈成長的保證啊！就像一次又一次聽著你那〈心頭永恆的溪洲情〉，總有無限的回味和萬千的感慨。」

回想每次重述時，聆聽的專注面孔，誠摯的熱烈迴響，互握的溫暖手掌，〈溪洲春曉〉或許該受之坦然！

原刊《文訊》二八七期（二〇〇九年九月）

傅林統（一九三三～二〇二〇），新竹師範學院語文教育系畢業。歷任小學教師、主任、校長、中華民國兒童文學學會理事等。曾獲中國語文獎章、教育部少年小說創作獎、洪建全兒童文學創作獎、行政院新聞局圖書著作金鼎獎等。著作包括論述、散文及兒童文學約五十餘種，推廣兒童文學教育不遺餘力。亦曾翻譯過兒童文學理論書籍。

紅皮箱：一個未完成的夢

◆喻麗清

梅花開了又謝了，青青的梅子結了一樹。

去年此時，她站在樹下仰頭望著：等清明時來採。她還說：明前的梅子可做脆梅，明後的做梅醋梅酒，再熟下去只能做梅醬了。

我問：你怎麼這麼清楚？

她說：我老家埔里，誰不懂些果園裡的小常識？

清明時節，她說胃不舒服，不來摘梅子了。再過了兩個月，我摘了一箱給她送去，她正要去醫院體檢，有些憔悴但沒有明顯的病容。一箱子的青梅又帶了回來，看著嘴裡都在泛酸。沒想到，這就是我們最後的塵緣了。

我的朋友患了胰臟癌，從知道到去世只有短短數月的時間，她沒有手術沒有化療，沒有丈夫沒有兒女，臨終她還對我們說：我先去給你們探路，安排好了等你們。

有人活時熱鬧死時沸揚，有人活得平凡死時或清簡或淒美，而她化成灰時只有從臺北趕來的兩個妹妹和我們一群母雞總共不到十人在場，清簡有餘淒美不足。啊，我的朋友她一去不回頭了，滿樹青梅叫我一直酸到心頭。

在她的遺物中看到一張泛黃的剪報，一九八六年五月三十一日，是我給紐約《中報》寫的報導，那時候曹又方在《中報》當副刊主任，我常被她抓公差寫點舊金山附近的瑣事，剪報我自己一張也沒留過，如今古物出土，眼淚頓時湧了上來，老友又少了一位啊。

那篇報導的標題：悅人悅己的柯由喜。今天讀來依然覺得是對我的朋友柯由喜在這世上瀟灑走一遭最好的說明。

在舊金山對岸的阿拉米達市，市區裡最熱鬧的派克街上，有一家全市唯一擁有全套服務的美容院，它的店主就是柯由喜。她個子嬌小，標準的東方體型，適度的化妝，時髦的衣著，不論什麼衣服穿在她身上好像都會變成一種美。可是，她精力充沛野心也不小。

認識由喜是由理髮開始的。我的一頭蓬草，也是在她的剪刀下才開始有了個屬於自己的樣式。因為生性疏懶，又不喜歡預約，所以常隨性走進一家毫不講究的理髮店就把自己的腦袋交出去了。為此也常挨她的罵：你也真敢，把頭髮搞成這付樣子才來找我。

美容，其實是一門很複雜的學問，後來從她那兒才深切的體會到。我們每個人的頭臉就像幼兒園裡老師給小朋友們發下的一張著色畫，有的美容師畫出一臉匠氣，有的可以畫成藝術品，由喜的心願就是要把快樂與自信帶給她的顧客而自己成為藝術家一樣的美容師。凡是藝術家除了天分，也要有不懈的努力才能有所成就。她開始注意美容是當窮留學生太太的時候，因為從動手修剪自己的和先生的以至於朋友的頭髮開始，她愈剪愈有興趣愈有心得，於是在夏威夷的好萊塢學院修起課來，並且專攻莎順髮型。那一年她被選派去英國的莎順學院參加國際講座的時候還上了英國的電視新聞。

她真正離婚的理由我其實並不清楚，她自己說是因為不會生孩子，不想害了婆家傳宗接代的大事，可是她前夫並不像是個封建的丈夫並且還是詩人。相識日久，我明白她其實嚮往的是一種自由自在自食其力的單身貴族的生活。貴族是天生的，如果硬想擠進去所付出的代價會很高。可是，她真有勇氣，不斷的上進，終於擁有了自己的天空。她是現代女性的一個好樣板，證明女人不必一定要困守在廚房與兒女之間才能找到自己的幸福。

賣掉美容院之後，她又開始了她的第二嗜好：寫作。一出手就是一個長篇小說：小蝴蝶，寫的是一個女同志麗莎的戀愛史。我很傻，替她改過兩遍原稿，但沒說過一句讚美話。如今我多麼後悔，早知她活不了多久，真該說個白謊，她的努力到底是動人的。何況麗莎一直是她心儀的對象。麗莎是她美容院隔壁的一家丹麥傢俱行的老闆，高大粗壯是女人中的男人。小蝴蝶，是丹麥民謠，說一隻夏天裡的蝴蝶，在花叢裡投懷送抱，到了秋葉零落時分回到大地安息。我沒有聽過這首民謠，歌詞很一般，所以拿來作為長篇小說的題引覺得並不好，可是一直也沒有認真為她去找個更好的開場。

麗莎去世後，她真的非常認真的把那小說寫完，還請人譯成了英文。難道是麗莎臨終前她承諾過要寫出她的一生嗎？難道麗莎是她的role model嗎？寫完的書稿到處碰壁，她對寫作的熱情依然未減，那時候我剛學到一個新詞彙「達人」，就戲稱她為「寫作達人」。她笑得呵呵呵的，把退稿看得雲淡風輕。不久又對我說：你不喜歡小蝴蝶，這次我先想好了題目再想內容囉。我問：什麼題目？她說：紅皮箱。ㄛ，ㄛ，紅皮箱，這題目多好。可惜她沒有動筆就走了。

她的心比她的身體大，她的夢想比她的紅皮箱大，我們是留她不住的。再見了，親愛的朋友，我深信你是帶著你的紅皮箱去旅行了。

原刊《文訊》三一九期（二〇一二年五月）

喻麗清（一九四五～二〇一七），臺北醫學大學藥學系畢業。「北極星」詩社創辦人。曾任職耕莘文教院青年寫作班、紐約州立大學、柏克萊加州大學脊椎動物學博物館，並擔任過海外華文女作家協會會長。曾獲中國文藝協會文藝獎章、金鼎獎、小太陽金鼎獎最佳少兒著作獎。著作以散文為主，另有詩、小說、兒童文學等計四十餘種，也從事翻譯及編選。

泥漿歲月

◆景翔

無論現代醫藥如何發達，一般人到了古稀之年而「髮蒼蒼，視茫茫，齒牙動搖」等狀況恐怕都難避免。「牽一髮而動全身」的老話在此也用來貼切，沒想到只斷了一顆牙齒就惹出偌大的事情來。我覺得年輕時刷牙不對而斷牙是一件很普通的事，但我的朋友認為老年人斷牙非同小可，連忙替我掛了急診。牙科診所的院長是我姊夫和姊姊的好友，一看之下馬上打電話給一家大型教學醫院牙醫科主任，安排拔牙的事，據他說我必須換全口假牙，原來的牙幾乎都要拔掉，起碼上排的牙一定要拔光。工程浩大，又怕我反應過大，所以到大醫院比較保險。我們是謹聽醫囑，一月十日下午準時向醫院報到。主任親自動的手術，一下子拿掉一顆大牙、兩個殘根。動作很快，不痛也不怎麼流血。覺得還滿輕鬆的。約好十四日再來看傷口，也絲毫不以為意。沒想到第二次馬上又把包含門牙在內的三顆牙拔了，雖然也很順利，但已經看出咬合有了問題。只是現在已無路可退，心想還有最後一次，訂在一月二十四日，拔完就可裝假牙了。這幾天吃流質食物勉強撐過去吧。

這種想法真是太天真了，也可見我對整牙的經驗是多麼貧乏，根本不知道即使該拔的牙都拔了，還要等傷口癒合，再等牙肉長好，才能開始製作假牙。做好之後，還有適應期。絕不是這樣簡單的一回事。

而我二十四日滿心以為就此可以結束的事，卻是惡夢的開始。那天果然要把上面一排的牙全拔光，外加下面的一顆，兩邊都上了麻藥。雖然數量不少，但大部分是殘根，醫生說應該沒有問題。動手術的似乎是個新手，前面倒很順利，最後一個殘根卻「堅守崗位，不肯退讓」。小醫師請大醫師幫忙，一路請到四位醫師來會診，每一位醫師都說馬上就好了，再忍一下。我卻擔心這邊可以加麻藥慢慢來，另外一邊的麻藥萬一退了怎麼辦。所以要求先把下排那顆拔了，醫師同意了我的建議，再來專心對付這顆冥頑不靈的殘根。他們幾乎把所有的器材都用上了，讓人扶住我的頭，用錘子和鑿子敲打，顯然還用刀割開牙肉，因為後來還做了縫合。這才完工大吉，很客氣地說：「辛苦你了。」我嘴裡咬住棉花，只能點頭示意，慶幸終於大功告成。卻聽得醫師說：「四天後到診所拆線，再看情形。」這才知道事情還沒有告一段落。

由於咬合問題，只能吃用果汁機或食物調理機打成泥狀或是漿狀的半流體。營養不成問題，因為什麼都可以吃，只要打成泥。剛開始還覺得新鮮，兩天下來就不行了，不但沒法咀嚼，而且毫無變化。我本來就是一個好吃的人，自己以前在廚房還能做一手好菜，一個人吃飯得弄三菜一湯才上桌。現在唯一的變化只有想辦法把飯和菜分成兩份，好像搭菜配飯似地，勝過攪在一起。但是咀嚼的問題無法解決，因為根本不需要咀嚼，食物進嘴就滑下喉嚨去了。想起小時候看的《西遊記》形容豬八戒吃起東西來如風捲殘雲，說他好似磚砌的喉嚨，「著實光滑得緊」。像我這樣直接一副順流而下的樣子，恐怕還更勝一籌呢。而咀嚼不只是會因此分泌唾液，幫助消化，更重要的是那樣才有「吃」的感覺與飽足感。

所以長久下來，不免感到沮喪。為了保持心情開朗，最好的辦法是說笑話，只是到了這個時候，一些老笑話，例如缺牙的人相互嘲諷是「無恥（齒）之徒」；或是說拔牙之後覺得天寬地闊，不是因為少了牙地方變大了，而是張開嘴來「一望無涯（牙）」；又或者是自己誇耀能一邊刷牙一邊吹口哨等，都已經說爛了。而至少我碰到的牙醫和護士大多認真嚴肅，連一般都覺得很好玩的「對不起，先生，你不張嘴我們沒辦法幫你看牙。」也沒什麼感覺。更別提一邊用器具拉開我的嘴，一邊說：「來，幫你的小牙拍個照。」時，我說這樣沒法笑。或者看過我的牙後，說：「你的牙骨怎麼這樣尖。」我說：「大概是因為前一陣子很流行吸血鬼的關係吧。」都只得到茫然的回應，使我開始檢討自己的笑話是不是太冷了。

無論如何，我還是得問問專家的意見，看能不能在食物方面有所改進，因為眼看著就要過年了。但是得到的答案卻只有一個字：「忍」。最多也和我自己想到的一樣，偶爾蒸一個嫩一點的蛋，或是燒一個嫩豆腐，而甜點可以在布丁和起士蛋糕之間換動。於是今年只好不過年了，省得每頓都面對兩碗一綠（因為其中加了青菜）一白（用濃稠的稀飯和燉湯做底）的泥漿，沒個過年的樣子。

其實我已經說過營養充足，攪成泥狀的食物中內容豐富：幾乎什麼都有，只是需要聞香辨味，方知端的。為了不讓我太過傷神，菲妹會把菜單告訴我，但是即使如此，我還是必須運用我的想像力，才能感覺食物的質感和味道。這點對我這樣一個有經驗的老饕來說當然並非難事，但在轉折之中，只更徒增情何以堪的慘狀而已。

終於在年後有了好消息，說是可以去看傷口癒合的情況，準備做假牙。時間雖然訂在二月底，畢竟指日可待。三月初有一場頒獎和壽筵，還有朋友開店要請客，裝上假牙不僅門面漂亮，更好的是可以大飽朵頤。我完全忘記了希望越大失望也越大的俗話，傷口倒沒問題，可是假牙來不及做，正式試戴還要一周。只好望「菜」興嘆。

過了一周，假牙終於做好，一件龐然大物放入嘴裡當然不習慣，醫生說先要看痛不痛，再看如何適應，好歹需花上兩三個禮拜。我心想那樣久的時間都已經熬過去了，又哪裡在乎幾個星期，打定主意聽醫生的話，心平氣和地度過最後一段時期。沒想到長久以來流質食物吃慣了，現在裝上假牙卻會咀嚼不會吞嚥。老覺得食物殘渣無法下嚥，又花了很久才適應。更慘的是裝假牙之前，因為出書的關係有好幾次訪問，為了怕缺牙漏風，努力把話說清楚，現在有了假牙，反而說話含糊起來。雖然裝好假牙之後「門面」光鮮許多，微笑也是全世界最好的溝通方式之一，但我仍然覺得還是說話比較重要，所以在「泥漿歲月」終於撐過去之後，只希望這段「含混時期」也能及早結束。

原刊《文訊》三三二期（二〇一三年六月）

景翔（一九四一～二〇二〇），本名華景彊。臺北工專畢業。早期曾任電腦程式工程師，一九六二年開始從事翻譯，曾任《中國時報》、《時報周刊》、《民族晚報》副刊編輯與總編輯，並以專欄譯介好萊塢電影，一九八四年參與《推理》雜誌，翻譯眾多推理小說，集影評、翻譯家、編輯、詩人等身分於一身。著作有詩集及譯作計八十餘種。

失落的照片

◆童真

有一張照片，我僅見過它一次，後來卻失落了；因此，它便脫離了成疊照片的行列，抗拒著歲月巨流的沖刷，頑強獨立地凸顯在我的心頁上。

那是一幀我父親年輕時的照片。古樸的黑白色，黯沉的色調，簡明的構圖，給人一種秋夜微寒的清新。推算一下，該是民國初年拍攝的。照片中的布景，也是那時期典型的格式：一隻高腳茶几上擺一盆茂綠的萬年青，挨著茶几的是一把四平八穩的太師椅，父親就端坐在那裡。他穿著長袍，戴著一頂瓜皮小帽，雖年輕，卻嚴謹而清癯，雖雙眼炯亮，卻又略帶憂悒；彷彿三十不到的他，已洞察人生的蒼涼；在繁華背後，總潛躲著衰敗。

就如照片所洩露的，父親是個嚴肅寡笑的人。他是童家「大宅門」裡的一個異數。

童家不是官宦貴胄，只是商業世家。經商的必備條件是和氣，所謂「和氣生財」，顯然，父親不具備這個條件。我揣測著，在祖父的六個兒子中，父親是最不適宜經商的一個。他終生唯一的愛好是書法。然而，父親成長的歲月，正是祖父事業的巔峰期，擅於策畫的祖父，在他三十幾歲的壯年，不僅把上海的「童涵春堂」中藥號，經營得有聲有色，而且在日進斗金的盛況下，又把事業的觸鬚伸展到各行各業去，如錢莊、糖行、南貨店、桐油店、五金店等，然後，當自己逐漸老去時，又分派給兒子們掌管。少年父親本來醉心於書法藝術，但他那個做書法家的夢，卻跌碎在錢莊滴答作響的算盤聲中。在夢與現實的糾纏鬥爭中，他分裂成兩個不同的人。在職場上，他是精於盤算的寧波第一大「元春錢莊」的經理，在職場之外，他卻是個淡泊雅樸的書法愛好者，每次，他從寧波市回家來，簡單的行囊裡總只是一些令我們孩子們大失所望的字帖、拓片、毛筆、扇面、扇子骨等，一類既不能吃，也不能玩的物件，當他興致勃勃地一件、一件地從網籃裡拿出來，放到八仙桌上時，我們便默默地走開了。他依然是高高興興的，面不改色。他對書法藝術的愛好，已在他內心匯聚成一股永不潰敗的勇氣，無視於旁人對他的冷漠，也就是基於那種宗教般狂熱的信念，在家的時日中，他總是四出訪友、探親，自願且免費地替他們書寫匾額、碑文、對聯、扇面、字帖等。當然，他最熱切渴望的，是教導兒女們寫字，期望他的一手好書法，能傳給他的兒女們。我家書房裡有一張大約六尺長四尺寬的特製的紅木大書桌。他替人家寫匾額或對聯時，總囑我替他磨墨，我家用的墨也是特別的，正面是「朱子家訓」四個燙金大字，背後就是「家訓」的全文。墨要握得正，不要磨著、磨著就斜了，猶如毛筆要握得直，人要坐得正一樣。父親很注重這些細節，他不僅隨時給孩子機會教育，他自己更是身體力行。我磨好墨汁，立在桌邊，看他穩穩地站著，緊閉雙唇，全神貫注地揮舞著他手中的如椽之筆，對我來說，那時候，他看來像個巨人。

但要我臨摹字帖時，他又變成了慈父。他替我鋪紙、磨墨、潤筆……滿臉堆笑，百般遷就，然而，一向乖巧，作為他最疼愛的小女兒的我，卻在這件事上拂逆他的好意，我總是嘟著嘴，不情不願地敷衍了事，從無體會我這樣做是多麼殘酷地傷了他的心。

因此，父親跟我，有時就這樣不歡而散。但父親的字卻又到處跟著我，在我的家鄉，我走著，走著，忽然就看到他的字就在我的前面。在橋墩上，在寺廟、祠堂的門楣上或者在學校大門旁的石柱上，我怵然一驚，彷佛父親就在我的身邊，指責我的倔強與叛逆，幸而其他時間，我們父女倆是相處得非常融樂的。每年，梅雨季過後，父親回家來的第一件事，就是在內天井裡架起一排條板，搬出成箱的字畫，放在條板上陰涼透風。這時，我是他不可或缺的幫手；我拉著軸頭，父親慢慢地把畫（字）幅舒展開來，一邊細心地檢查、察看、欣賞。看著看著，一抹稚真的笑容倏然躍上他瘦削蒼老的臉，拭去了現實生活給繪上的憔悴，閃耀著青春的最後光澤，那時，偌大的內天井裡，明淨、澄澈，如一片無波的湖水，我們父女倆，隔著畫（字）幅，面對面地站著，久久地浸淫在那份純美的感覺中。

父親的節儉在兄弟友輩中也是獨一無二的。從我家客廳壁上懸掛的那幅「中堂」——朱伯盧先生的治家格言看來，他的勤樸也是從書法中修煉而來。童家這個「大宅門」在富裕了一個半世紀之後，兒孫們對先輩的創業維艱，早就丟在九霄雲外，他們的生活已漸漸趨向揮霍與奢華，家中僕役如雲，已是稀鬆平常的事，賭博與吸大煙，更是他們養尊處優生活中的最愛。我母親體弱多病，一年中，躺在床上的時間，跟起來走動的時間差不多。家裡雖有僕役多人，但偌大屋子裡，經常只聽到輕悄悄的腳步聲。在靜寂築成的圍牆中，我自個兒摺紙、玩布娃娃、編織、看童話、冥想，把每一個素淡的日子染成五彩，小小的心靈裡自造了一個宮殿。

有一年，一個炎夏的下午，空氣中瀰漫著慵懶的氣息，連女傭都憩息在通風的過道上打盹了。我看完了一本故事書，煩躁得靜不下心來，忽然想去看看幾天前才從上海回鄉來「歇夏」的二伯母以及幾個年齡比我小不了多少的孫兒們。這樣想著，我就整整衣衫，穿越兩個大天井，走到大宅子的另一側去。推開雕花精製的木門，走在略嫌昏暗的走廊上，我就聽見內屋笑聲盪漾，牌聲清脆。我急走幾步，就來到以玻璃為屋頂的潔亮新穎的內天井裡，只見那兒一字兒排開三張牌桌，兩張圍坐著大人，正在打牌，另一張矮了一截的，圍坐著二伯的三個孫子。這時廚房裡一大一小的兩個廚師正在忙著，陣陣菜香飄送出來，飯廳橫梁上煤氣燈已高高懸起，準備在薄暮來到時，滋滋地噴灑出光瀑來。屋內歡樂洋溢、一派喜慶，節日的氣氛。二伯那時正任「童涵春堂」經理，店務繁雜，應酬眾多，留在上海，沒空回鄉。二伯母看到我來，示意女僕拿來糖果、糕點。於是女僕就領我到矮桌旁坐下，細聲地說：「小小姐，你也湊著玩一會牌吧，他們正三缺一！」

我忽感侷促不安，靦腆地笑著：「我……我不會……不會打牌！」

我的幾個堂姪搶著說：「小姑姑，我們教你，玩幾次，你就會了。」

但我始終沒有學會打牌。那天回家，我跟母親提到這件事，一向溫柔、慈愛、和藹可親的她，竟然聲色俱厲地告誡我：「小丫頭，你聽清楚了；你阿爸早就立下家規，我們這一房人，不准打牌，也不准抽（大）煙！」

我怏怏地走開了，心裡不免嘀咕我父親是個老古董。可是，就在那年冬天，遠住天津的姨媽南下探親，透露了一個震撼性的消息：二伯的老二，沒日沒夜的濫賭，不僅在上海欠下許多賭債，還在天津欠下一屁股債，隨後又傳來一個消息，二伯的老三染上了毒癮！

在以後的一兩年中，父親堅守著兄弟如手足的深情，從未在別人面前提及二伯家的種種，但親友間的竊竊私語是免不了的。我撿拾起那些碎片似的話語，串連成一個事實：二伯為了償還子債，以「童涵春堂」的名義，向銀行、錢莊、各大商行借下巨款，最後，他不得不把「童涵春堂」的大部分股權出售了。

一座華廈就在牌聲與煙絲裊裊中傾圮了……。

如今，隔著七十多年歲月的長河，我追憶往事，對父親，我有瞿然而驚的悦悟。我凝視遠方，在漫天煙霧中，我看到一個穿著青色長袍的高瘦老人，用他智慧的手，牽領著妻兒走出這片廢墟。他雖步履緩慢，卻神色安詳。他沒有回首，因此也沒有一聲嘆息。

二〇〇八年十一月寫於新澤西寓所

原刊《文訊》二七九期（二〇〇九年一月）

童真（一九二八～二〇一八），上海聖芳濟學院肄業。一九五一年開始專職寫作，曾為中國文藝協會、婦女寫作協會會員。是五、六〇年代具代表性女作家之一。曾獲香港《祖國周刊》短篇小說獎，中國文藝協會文藝獎章小說創作獎。著作有小說二十餘種。

鄉愁兩種

◆楊念慈

我有兩種鄉愁：一種鄉愁的鄉字，是「故鄉」、「異鄉」的鄉，這種鄉愁，是每一個少小離鄉、老大難回的異鄉遊子所無法排遣的；另一種鄉愁的鄉字，是「城鄉」、「鄉村」的鄉，這種情緒，因人而異，就不是人同此心、心同此理的了。

先說第一種鄉愁。這種情緒，雖然是眾人所共有，如果細細查究，由於時間久暫，距離長短，它累積在心底的深度和厚度，恐怕就大有出入，截至目前這個歲尾年初，我離鄉遠遊，已經整整七十個年頭——那是蘆溝橋「七七事變」的第二年，我十七歲，人已經長得粗粗壯壯的，差不多算是一個成年的漢子了。離鄉之後，先當流亡學生後當兵，隨波逐流，到處飄泊，和故鄉的距離，有時遠，有時近。最遠就是現在，從我置身的臺中市，到山東省成武縣郜鼎鄉，究竟有多少里程，我也說不清楚；離得最近的時候，是在老黃河北堤口，在槍口下被喝斥止步，不准再往前走。那地方離我家鄉的老寨子只有幾十里路，被迫回頭，從此就越走越遠了。

離開家鄉七十年，有六十年住在臺灣。太久遠的事情不去說它，只說兩岸開放探親旅行，也已經二十多個年頭，我卻像一個害了痴呆症、迷途而不知返的老番癲，日夜白說空想，卻一直沒有行動。對數十年陰陽阻隔、生死茫茫的家事鄉情，我不是不關心，每一次有人從家鄉探親回臺，我都趕去探聽訊息，而探聽到的，都會在我心底更增添幾分寒意。他們眾口一辭，向我再三證實：我記憶中的家鄉已經完全變了樣子，甚至可以說，毀棄無餘，不留痕跡。我想起古書《搜神後記》的一則故事，遼東道士丁令威，化鶴歸來，發出「城郭是，人民非」的悲嘆。故事中說明，丁令威一去一回，已經相隔千年，我離開家鄉的時間，沒有那麼久遠，而家鄉的改變，不止是「人事全非」，就連前人遺留的城郭村寨，那些地面上可以作為標誌的東西，也全部消失，回到家鄉的人，要怎樣串連起那些模糊破碎的記憶？

而家鄉留給我的回憶都是完整的！幾十年來，人在臺灣，我寫過不少有關家鄉的東西，有些是散文（一部分收在我唯一的散文集《狂花滿樹》裡），更多的是小說，像常常被人提起的《黑牛與白蛇》、《廢園舊事》都是，另外還有幾本長篇和中、短篇，也屬此類。有人把我這類作品稱之為「抗戰小說」或「反共小說」，我自己則認定它們只是「懷鄉憶舊」之作。因為寫這些東西，更加深了我對家鄉的回憶，原先代久年湮而漸漸模糊的，經過一番洗刷，就變得更加清晰；有些破碎缺損的，也重新黏連在一起。我很重視這些回憶，把它們當作心靈的資產，唯恐受到現實的撞擊，就像我太太的家鄉煙臺外海常常出現的海市蜃樓一樣，看上去很真實，一陣風就吹得乾乾淨淨的。我想念家鄉又很怕回去，這是原因之一。

可是，俗諺云：「親不親，故鄉人；美不美，故鄉水。」記得剛剛開放探親的時期，有一回，我陪太太到建國市場買年貨，在一家雜貨店門外，看見一隻裝滿紅棗的麻袋，上面印著簡體的「濟南」二字，我內心就很激動了一陣子，太太問我什麼事，我含著兩泡眼淚，說話語不成辭。現在兩岸交通大有改善，坐直航包機，從臺北到上海，只要八十幾分鐘，舒適、安全、時間短，以前那些怕坐飛機，怕長途旅行的理由，人老、體力弱、有心臟病、血壓高，都顯得不好意思再說出口，所以，雖然不曾公開對自己承諾，卻暗暗做了決定：有生之年，總要回家鄉看看。也許只是悄悄來往，讓太太、兒女陪著，包一輛車，就像普通的觀光客一樣，在家鄉附近地區穿城越鎮的走上一趟，對自己、對家鄉，就算都有交代了。

就在這時候，發生一件事，一位和我多年同事、又兼是山東同鄉的老哥，興沖沖的來我家裡辭行，說是他已經辦妥手續，也訂好機票，準備回家鄉定居。這位老哥是一位悶葫蘆型的君子，平日行事，一向是寡言少語，很少在事前透露，那天突然做此宣布，倒把我嚇了一跳。我知道他家鄉是在魯南山區的一處山窩子裡，地址較為偏僻，便旁敲側擊的提出幾個問題，要他深思熟慮，他卻表現出一副胸有成竹的樣子，說是各方面他都考慮過了，有問題也都已經解決，要我自己多多保重，不必替他發愁。握手告別之際，我說出我也正計畫回鄉一遊，要他在家鄉安定下來以後，寫一封信給我，細說他在家鄉遭逢的各種狀況，供我參考。

他一去半年，沒有等到他的信，倒等來了另一位老同事的電話，說那位回鄉定居的老哥又回到臺灣來了，一回來就住進醫院，身體情況很不好。這位同事有個兒子是那家醫院的醫師，所以這個訊息他知道得最早。我問他可知道害的是什麼病？他的回答非常可笑，竟然說「大陸醫生」開的證明是「水土不服」。我忍不住在電話裡開罵：「胡說八道！醫生能懂得多少？咱們這位老哥是歸人，不是過客，家鄉是他出生成長的地方，回到自己的家鄉也會水土不服，豈不是信口胡說？」罵得正起勁兒，猛然想起這位同事的兒子也是醫生，才趕緊把嘴巴閉上。急於了解真相，把電話掛斷，我就火急的去醫院探望，一路上準備了許多挖苦人的話，進了病房，看到這位老哥奄奄一息的模樣，一句也說不出來了。

至於另一個鄉愁的來歷，我想是和我童年、少年時期的生活情況大有關係。離鄉以前，我大部分時間是在老寨子裡度過的，由私塾轉入洋學堂，不得不搬進縣城去，而縣城和老寨子的距離只有八華里，對一個精力過剩的小夥子，這點子距離還不夠練腿勁兒的，而我們家鄉那座縣城，只不過比一般村鎮稍稍高了一級，隔著一道城牆，早晚聞到的，仍然是家鄉田野間的氣味。

在臺灣這六十年，十之八九的時間都住在臺中市。早期的臺中市甚合我意，後來就漸漸變了樣子，尤其是最近這十幾二十年間，它越來越像一個大都市，市區遼闊，大樓林立，大街小巷都排滿車輛，到處烏煙瘴氣。就拿我現在住的這座房子來說，三十多年前買下它，原是看上它的清靜，它位於一條深巷的巷底，屋旁是一彎小溪，溪岸有幾株柳樹和幾叢竹子，白天聽蟬鳴，夜晚看螢火蟲，雖在城市之中，卻頗有幾分野趣。曾幾何時，小溪被加蓋修成大馬路，一百公尺以內新建幾座十幾層的高樓，住在這裡，有一種被圍困的感覺。我幾次下定決心，想突圍而出，把家搬到南投鄉下去，太太堅決反對，所持的理由都是從我身上找出來的，說我年歲老、病痛多，經常要上醫院看病拿藥，「鄉下醫院少，能有現在這樣方便嗎？」我的堅持只有兩句話：「找個好環境，自然不生病！」太太根本不聽，就這樣決定了輸贏。後來發生「九二一」大地震，接著又有颱風豪雨，幾次造成山崩地陷橋塌路斷的災情，我那捨城就鄉的遷居計畫，當然更沒有翻案的可能。

除夕那天，在庭院中迎門牆上貼了一幅斗方，是土地銀行印製的，上頭畫了兩粒紅柿，下題「如意」二字。這層寓意我當然懂得，卻有些懷疑，真有人能「事事如意」嗎？

九十八年元宵節

原刊《文訊》二八二期（二〇〇九年四月）

楊念慈（一九二二～二〇一五），西北師範學院國文系肄業，中央軍校十八期步科畢業。曾任排長、連長、《自由青年》編輯，後入教育界服務，歷任員林省立實驗中學、省立中興中學、曉明女中、省立臺中一中等校國文教師、中興大學中文系講師、副教授。曾獲中國文藝協會文藝獎章、教育部文藝獎。著作以小說為主約二十餘種。

鄉下孩子的臺灣夢

◆趙玉明

慈母有賢名　生育七子女

我是一個不折不扣的鄉下孩子，民國十七年七月出生在湖南湘陰一個落後的農家，父輩兄弟三人，父親排行第二；大伯結婚生子，環境較好，有些田產；三叔終身未娶，生活也不很順意；我家較清寒，但人丁繁茂，父母膝下有七個孩子，一女六男，我是老七，比大姊小二十一歲，我在幼年，她已結婚。

很不幸，我幼年喪父，對父親完全沒有印象，稍長，聽族人說，父親不事生產，家事全賴母親操勞，養大七個孩子，她在鄉中博有賢名。母親娘家姓鍾，諱字愛姑，族人習稱「愛二娘姊」，她終日勞作，種菜耕田，張羅兒女生活，縫鞋製衣，呵護有加，在最貧困的時候，到長沙做過奶媽，將兒女託付堂嫂、堂兄看顧，所幸，姊姊、哥哥快速成長，生產力自然增加，家境漸有起色。

生意學不成　送去讀高小

可是，在家境初見曙光時，發生了一件非常不幸的事，在幾個月內，我的一個十三歲、一個十七歲的哥哥，發生急病，突然過世，這對我敬愛的慈母打擊太大，她終日落淚，哭壞了眼睛，這時候我已七、八歲了，有些懂事，母親的痛苦哀傷，仍然留有印象。所以我們姊弟長大成人，僅剩一女四男，姊姊早已婚配，大哥是地方公務員，二哥學裁縫，後來做小型南貨店的掌櫃，三哥是典型的農人，我本來被安排到武漢學生意，希望做二哥的接班人，所以我上了五年私塾，讀了一年國小，插入四年級，就是畢業班，而且學了珠算，蓄勢待發，專心做個生意人，這時我已經十二足歲。

不幸，抗日戰爭爆發，日軍進犯湘北，我家南貨店川行湘陰、武漢的貨船，遭日本飛機轟炸，雖未釀成大災，但南貨箱上血跡斑斑，自然有運貨的人受傷，而打亂我學生意的安排。那時在我們鄉間有送盤纏的習俗，親友子弟出遠門，近親長輩會送盤纏，我去武漢做學徒的消息傳開，幾天內收到好幾十塊銀元，不能成行，又不好退還所贈，大哥覺得我可以讀書，決定送我上高小，可是我鄉沒有中心小學，但臨近的白水鄉有，就送我去報考，順利入學。因為我讀了五年私塾，又會珠算，兩年八次考試，我七次第一，另外一次考第二，還哭了三天，這是我的童年趣事。

日軍犯家鄉　流亡到湘西

第二年，我鄉中心小學創辦，通知鄉中子弟入學，經過考試，我跳讀六年級下學期，不過四個月就順利畢業了，而後考上了湘陰縣中，讀到二年級上學期，日軍進犯湘北，家鄉淪陷，學校緊急遣散，我失學在家，做了半年農事。這時一個北京師大的何先生，從北京避難來鄉，鄉中長輩延聘他在鄉開館，為初一到初三學生上課，共有同學二十餘人，不分年級，同時上課，教三年級時一、二年級學生自修，這種直接面對面教學，很有效果。約一年之後同學中有人決定逃往大後方，我們一批十一人，得到「維持會」的幫助，每人發給「小販路條」，過洞庭湖，經過南縣、桃源到了湘西敘浦，開始流亡學生的生活，全公費，但沒有上課，自己背米打柴，一直到日本投降，招訓會辦甄別考試，我錄取三年級下學期，分發第九戰時中學，讀四個月又初中畢業了。我們流亡學生是全公費，吃住衣著都是供給制，而且依往例，初中畢業直升高中，可是發生了意外，就在這關鍵時刻，高中部鬧學潮，什麼反飢餓、反迫害，情勢惡化，省主席王東原決定高中停招，如不平息，學校有可能被解散。這一來我們這班初中畢業生，變成了直接被害人，我隻身逃難在外，面臨最大的困境，真的是「生活無著」，不知如何是好。

儘管困難來了，還得想辦法，這時，臨近的第九高職招收新生，我決定考考看，高分錄取，我成了高職土木工程科的學生，總算有了新出路，問題是手裡的錢不多，經過陳情，校長知道學校停招的事，他看了我入學的考試成績，就免了我的學雜費、宿舍費，可是伙食是外包的，雖然收費不高，必須先付，我手中的錢最多維持三個月，自然寫信回家，向大哥求救，抗戰雖然勝利，郵電交通仍不暢達，就在這時，發生奇蹟，一件小事，解開了我的困境。

優等留級生　猛啃文學書

開學一個月，學校舉辦全校作文比賽，寫作以抗日救國為大範圍，我因為從淪陷區逃難出來，有切身感受，從日軍進犯家鄉，我在初中上「最後一課」的情景，堅持逃離日軍的統治，因為內容真切，意外地獲得全校第二名，第一名是高三畢業班一位高材生，得了一點獎金，可以付三個月伙食，後來大哥的救急也到了，我的難關總算過去了。這一年對我很重要，高職第一年要學高中三年數學，英文要求也嚴，我除了音樂、體育、美術，所有主科都是平均九十五分以上，加上作文比賽的風頭，成了土木工程科的優秀學生。

就在這個時候，得知母校高中恢復招生，而我也收到全公費的免試入學通知，真不知是喜訊還是考驗。我深入思考，實際上家庭環境不可能供我上大學，但從長遠看，我回母校升學，成了「優等成績的留級生」，和過去的學弟們同班，遠景是高中畢業，可以公費升大學，而且我有信心高中畢業一定可以考上大學，對我的家庭而言，也是最好的選擇——不必為目前的衣食操心，還有很少的零用金。

最後，我終於選擇做「優等成績的留級生」，留級以後還是有些後悔，總找理由說服自己，這時我已十八歲，高中畢業就二十出頭了，在這個矛盾中，我開始安排自己的新生活。我告訴自己每次考試要考好，開始找書讀，讀三〇年代作家的作品，成了我的必修科，巴金的「激流三部曲」——《家》、《春》、《秋》，還有譯作《火》、《秋天裡的春天》，以及魯迅、茅盾、田漢、趙清閣、何其芳等的作品，留級生的生活反而十分充實。這時候師範部和高中部合作，在學校附近辦了一所民眾小學，我被徵召擔任算術教員，增加我的虛榮感，認真地說，對一個高一的學生而言，算是不務正業了。可是所有大小考試，我從不缺席，而且都在九十分以上，數學還常滿分，所以在級任導師面前，總能平順過關。

追夢到臺灣　青年從了軍

升高二沒有多久，發生一件小事，改變了我的一生。那年八、九月，我初三的一位同學，參加了青年軍，在臺灣做新軍訓練的二〇五師，來長沙招生，他奉派協辦招生，希望藉由他的現身說法，幫助有意投考的青年了解情況。他看起來比以前健壯，而且信心十足，穿著軍裝在同學面前亮相，很是吸睛。他初中和我同時畢業，沒升高中就當了兵，在學校時他叫我哥哥，那兩天他對我說在臺灣的生活和軍中見聞，對我這個「留級生」，衝擊特別大，可是他說我是讀書的料，可以繼續努力，爭取兩年後公費讀大學。但是他的話也激起我的省思，我已十九歲了，而且我感到對自己有些失望，覺得自己選擇留級，是一個不可原諒的錯誤，這一年多我成了考試機器，除了文學閱讀，我的一般學識反而不及讀高職那一年，我很自責地想掙脫自己既定的目標，尋求新出路。臺灣光復後，臺灣情況一直是全國人民談論的熱點，這熱點昇華成了我這個十九歲青年一個新的夢，那位同學一周內來學校四、五次，每次來都使我有些不平穩，我的臺灣夢，產生激盪，我的從軍夢，成了我臺灣夢的一個新試點。我想，如果不是前年的學潮，現在我應該讀高三，沒幾個月就高中畢業，有機會公費念大學，我可能就另有想法。

總之，我決定青年從軍了！我從一個高二「優等成績留級生」，變成臺灣新軍的青年戰士，開啟我在臺灣七十年的追夢生涯，就如此的從長沙經廣州，到了臺灣鳳山，開始了軍事生涯。我們第九戰時中學改制的沅陵中學，一共有一百五十多位同學，投考了二〇五師，而且編在一個營，熟人多，好像還在學校一樣，一點也不陌生。

新軍的新兵入伍訓練很嚴，每天早上穿紅短褲、打赤膊，跑五千米，才用早餐，而且接著八小時的新兵訓練，從基本教練、單兵教練到班排教練，示範班由孫立人新四軍的士官編成，動作劃一，示範教學很機械式，頭手間顯出威嚴，很使我們這些娃娃學生欽佩，也很畏懼，他們不苟言笑，身體健壯，教人羨慕。

入營半年，開始野戰教範，不知怎的，我被選為上等兵代砲長，帶一個六〇砲班，班員多是舊時同學，學砲操，需要一些數學常識，如目測距離、計算落點、選定目標，六〇小砲，成了我在軍中第一個大玩具。六〇砲野戰班攻擊，在大貝湖五千八百公尺野外演習場，操了好幾回，這是我小部隊指揮的第一課，而且光榮的中籤，操演給孫立人將軍親自看，我和孫將軍標上了，我率同班兵照平時演練的動作，在前奔跑，將軍緊步跟蹤，我們前腳到，沒差幾秒他就站在旁邊，真是難得的親兵好將軍啊！我居然一點也不怕他，在演習場我做小隊指揮，和他平起平坐，還有幾分得色，現在想來真是有些幼稚。

這種制式的新軍操練，對我們很管用。各個教練、班教練到排教練，每天五千米跑步如常。大約一年後，我出了狀況，一次野外演習回來，我高燒不退，送到野戰醫務所，安排到高雄市立醫院檢查，我得了一種叫肺浸潤的病，醫生裁定需要「安靜治療」，我就留在醫療所，吃藥打針，從新軍變成了「療養員」，這也是我的臺灣夢最早的一次小挫折，那時候得肺病是很緊張的事。

在我療養期間，發生一件大事，整個二〇五師開往北平作戰，部隊移防是機密，我們這些病號渾然不知，更不幸的是消息傳來，北平作戰失利，二〇五師竟然打散了，我們成了「後送療養」，還是定期跑高雄醫院，大約三、四個月，我的病竟然完全好了，醫生交代，好好保養，注意營養，算是不幸中之大幸。

我也靜極思動，有流亡學生時期的同學，從臺北來信，相約臺北會面，我從高雄北上，尋另一個新夢。時在民國三十七年秋天，當時一些同學，有的憑流亡學生證明，找機會升學，有的進保警總隊當警察，有的參加部隊，還是當兵吃糧，我選擇留營，進了警備旅第二團被選為班長，新軍訓練的基本操練，派上了用場。憑口試授中士銜，一年後升了上士，團長就是後來《聯合報》創辦人王惕吾，他的軍籍學名王瑞鍾，雖與我後來進《聯合報》沒有直接關係，但不能不說是一種因緣。

升了芝麻官　一步走四年

民國三十八年部隊改編，我被編入陸軍第六軍，就是駐臺灣北部的雄獅部隊，有了新機遇。從上士班長選入雄獅幹訓班，接受十一個月的初級軍官訓練，一切比照陸軍官校的教育，學術科並重，唱黃埔校歌，訓練很嚴，尤重野外實彈操演，同學一百七十四人，都是全軍優秀的上士，計畫比照陸軍官校，畢業後以少尉任官，意外的是軍方高層有爭議，雄獅部隊的原議被擱置，畢業時僅選升了六個人，我是其中之一，這些人在後來幾年雖都升了官，但畢業就升官，對我自然是很大的鼓勵。

升了軍官，回原部隊待命分發職務，正在這個時候，傳來陸軍官校在臺復校的消息，在社會和部隊公開招考陸官在臺復校的第二十四期各科新生，這自然是一個喜訊，我已受過初級軍官訓練，學術科考試都順利過關，而初試、複試都名列前矛，自信成功在望，不料在最後一關，口試官看了我一眼，順手在我的口試卷上，蓋了一個「丁」，我當下傻了，疑惑地看著口試官，他簡單地吐了幾個字：「你頭上有疤！」

我被陸官刷了下來，十分難過，團長召見了我，安慰我，他說：「讀軍校要兩年才能做見習官，你今天就到第六連當排長。」而且用他的吉普車，送我去報到。

從那天起，我成了「趙排長」，臺灣夢向前邁了一小步，我開始試煉初級軍官的生活，時在民國四十年夏天，從我入伍算起，恰好四個年頭，四年走了一小步，很實在的一步啊！

原刊《文訊》三五九期（二〇一五年九月）

趙玉明（一九二八～二〇二〇），筆名一夫。陸軍官校畢業。軍職退休後，轉入新聞界，歷任報社記者、編輯、《科學月刊》及《文藝月刊》主編、《民族晚報》、《聯合報》總編輯、聯合報系泰國及印尼《世界日報》社長、總主筆等。曾獲國軍新文藝獎、國家文藝獎、編輯金鼎獎、臺北市新聞評論金橋獎、中國文藝協會文藝獎章。著作包括詩、小說、報導文學及傳記近十種。

基度山恩仇記的舞臺

◆趙雲

馬賽是法國第一大港，在法國都市中排行第二，歷史極為悠久。旅行馬賽首先使人想到雄壯的〈馬賽進行曲〉：「萬聲都歡呼親愛的自由，我對你高歌可消愁，你能夠打破弱者的囚牢，再回到幸福和快樂優遊……。」

據說法國大革命時期，巴黎一片紊亂，革命成敗未卜，馬賽派出五百名年輕的志願軍前往聲援，雄壯的軍歌表現出推翻帝制、爭取自由正義的決心，一時士氣大振，革命宣告成功，〈馬賽進行曲〉也成了法國的國歌。

馳名遠近的「魚湯」是馬賽的名菜，在舊港碼頭的巷中有一間餐廳，以前漁夫把賣不出的魚貨熬煮成湯。其後加以改善，把魚湯濾掉魚渣，再加入馬鈴薯泥和香料，喝起來毫無腥味，觀光客皆以一嘗為快。

然而更使人嚮往的，是它所流傳的浪漫故事。日人紅山雪夫的《法國城堡．街道之旅》所載：

早在希臘羅馬時期，馬賽是群雄爭霸之地。經商貿易，爭相在此建立殖民市。一次，一支由年輕英勇的普羅迪斯率領的弗凱亞船隊到達馬賽港。為了在此建立殖民市，普羅迪斯禮數周到的上岸拜訪土著利古里亞人的族長南姆。由於談得投機，後者不但應許普羅迪斯在此建立殖民市，並邀請他參加為愛女吉普娣斯所設的選婿宴會。

華燈初上，滿懷希望的利古里亞族年輕戰士齊聚一堂。杯觥交錯之際，美麗的吉普娣斯手捧著斟滿酒的大杯出現了。在眾人注視中，她走過那些利古里亞族戰士的席位，把酒杯放到普羅迪斯面前，選婿大典就此告成。利古里亞族長心中很器重這位異族青年。他把弗凱亞船隊停泊的港口周圍土地和守護港口的山丘營〉作為嫁妝送給普羅迪斯，並和弗凱亞人展開合作，追求各種利益。

離開舊港碼頭和各種街頭藝人表演場，旅行團登上遊覽車向小丘上的聖母院出發。司機迷路了。馬賽舊港的小山丘上，狹窄的巷道，七彎八拐的。而加德聖母教堂屹立在最高處，頂上的聖母處，金閃閃地映著夕陽，彷彿在指引迷津。

終於到達了，眼前卻是一層又一層的階梯，教堂依然高高在上，奮力往上爬時，不免想到「朝聖」之路，真是辛苦。

加德聖母教堂建於十九世紀。引人注目的聖母像，是討海人的守護神，據說十分靈驗。在茫茫大海中，給討海人指示方位，讓空虛恐懼的心靈得到極大的安慰。這事使人不禁想到我們漁村信仰、膜拜的提燈媽祖。

在感覺中總也爬不完的石階轉角處，有間點著許多蠟燭的小房；乍看以為是供奉什麼神祇的地方，令人不解的是，只有沿牆放著許多拐杖。據說是有些到聖母堂參拜的殘障人士，虔誠拜禱之後，便能行走，因此留下拐杖作為驗證。

石階盡頭又乘了一段電梯才到達聖母堂的廣場。落在團員後面的王家誠從許多角度拍攝夕陽照射下的加德聖母的幻燈片，他表示要據此畫一幅聖母像，送給他篤信天主教的六十年好友。

山丘上的風很大，俯瞰下方迷濛可見馬賽市街，和新舊港口密集的船隻，另一邊海面則只有一座孤島的暗影，同行者有人說是「漁夫島」。《法國城堡．街道之旅》指為「伊芙堡」，法國小說家大仲馬《基度山恩仇記》譯本指稱為「達爾夫堡」。岩石上聳立著莊嚴的城堡，已有數百年的歷史。它一方面可以防守馬賽港，同時也是關押政治犯的監獄，那些被判終身囚禁的人犯，很少有逃脫的機會，可以說是生不如死；大仲馬的

《基度山恩仇記》的舞臺，即由此展開。

十九歲青年愛德蒙・丹帝斯是位好運臨頭的水手；由於埃及王號船長於船行途中病逝，船主決定將他由大副提升為船長；與他相戀多年的美貌西班牙裔少女美瑟迪斯，也即將和他步入結婚禮堂。然而噩運也在這時悄悄地來到他的身上。

船上窺伺他船長職位的管帳、押運員鄧格拉斯寫了封告密信，誣指他為戰敗被流放的拿破崙餘黨，圖謀不軌。並挑撥愛德蒙的情敵弗南特，暗中加以投郵。一位當時喝得醉貓似的裁縫鄰居目睹這項陰謀卻未揭發，於是愛德蒙在舉行結婚典禮的宴客席上被捕送審。

助理檢查官維爾福，得知愛德蒙無意間受託轉信的對象竟然是居住巴黎的老父諾第亞時，嚇得目瞪口呆。唯恐自己受到連累，便昧著良心把愛德蒙判入永世不得翻身的黑獄達爾夫堡監禁。

長達十四年的監獄生活，其間愛德蒙曾幾度想要自殺，所幸在他挖掘地道想要逃獄時，巧遇從另一方向挖掘地道的法利亞神父。

在黑牢中囚禁數年的神父，行徑古怪，從獄卒到堡主，莫不認為他已瘋狂。他原計畫在床鋪遮掩下的地道可以通向自由之路，結果卻打通囚禁愛德蒙的另一間牢房。

在自由無望的情況下，兩位囚徒成為忘年交。於神父教導下，愛德蒙學得各種知識和多國語言，同時也解答了他藏在心裡的迷惑：到底是誰陷他於今天的苦難？

至於無人居住的荒島基度山中寶藏的祕密，神父也坦然相告，冀望有朝一日他們活著回去，共同享有這項深埋在岩穴中的財富。倘如神父先一步回到天主的懷抱，愛德蒙便可獨自擁有那富可敵國的財富。

愛德蒙被囚的第十四年，神父在獲得自由前結束了苦難的生命。愛德蒙悲傷之餘把裝入麻袋中準備海葬的神父屍體取出，安置在自己的床上，然後以移花接木的手法鑽進作為「棺木」的麻袋，靜候「掘墓人」處置。

黑暗冰冷的海中，愛德蒙以僅有的一把小刀割開麻袋，掙脫綁在腿部的鐵球浮上海面，追求他渴盼多年的自由。

當沉埋在荒島中長達數世紀的寶藏擺在愛德蒙眼前時，報恩和復仇的計畫浮現在他的腦中。隨後一位年約三十二、三歲的富豪以水手、教士、銀行家、基度山伯爵……的不同身分出現在世人面前，他所演出的舞臺，從馬賽伸展到基度山、巴黎、羅馬乃至諾曼地等地。他復仇的火焰，巧妙的超出想像之外。於他有恩的人，似乎得到了上帝的獎賞，一一走出了困境。而陷害他的人則在他替天行道的利刃下，有的事機敗露之後，妻兒離去，舉槍自盡。有的由富豪一變窮困潦倒，家財盡失。昧著天良的檢查官維爾福，在家破人亡之後成了瘋子。

大仲馬在《基度山恩仇記》結尾中寫：「只有親身經歷過最深切的不幸，才能體會最大的幸福」，是受盡折磨的愛德蒙的領悟。

俯視那大海中孤島的暗影，仰望夕陽照耀下的加德聖母，耳邊彷彿聽到〈馬賽進行曲〉迴響心中，有種說不出的感受。

附註：

民國九十五年初夏，趙雲完成本文草稿，未及謄清，即因顱內出血住院治療。其後兩次發病，至今輾轉病榻已逾三年。本文由王家誠就原稿稍加整理，經長女王菡謄寫完成。

原刊《文訊》二九二期（二〇一〇年二月）

趙雲（一九三三～二〇一四），越南華僑。臺灣師範大學社教系新聞組畢業。曾任教於臺南師範學院。曾獲行政院特優教師獎、府城文學獎特殊貢獻獎。著作包括論述、散文、小說及兒童文學約二十餘種。

歌響從前：〈秋水伊人〉

◆謝輝煌

〈秋水伊人〉是上海明星影片公司，於民國二十年前後，由張石川執導，王獻齋、龔秋霞主演的《古塔奇案》裡的插曲之一。另外一支插曲叫〈思母〉，歌詞的形式結構、字數和歌曲都跟〈秋水伊人〉相同，所以，一般都併著〈秋水伊人〉來演唱，即唱完「望穿秋水，不見伊人的倩影……」後，接著唱「望斷雲山，不見媽媽的慈顏……」。這兩支歌都是由龔秋霞演唱，所以，在《十八版大戲考．歌曲》裡，也是分別收存，歌詞如下：

望穿秋水，不見伊人的倩影。更殘漏盡，孤雁兩三聲。往日的溫情，祇換得眼前的淒清。夢魂無所寄，空留淚滿襟。幾時歸來呀，伊人呀！幾時你會走過那邊的叢林，那亭亭的塔影，點點的鴉陣，依舊是當年的情景。只有你的女兒呀！已長得活潑天真；只有你留下的女兒喲，來安慰我這破碎的心。

望斷雲山，不見媽媽的慈顏。漏盡更殘，難耐錦衾寒。往日的歡樂，反映出眼前的孤單。夢魂無所依，空有淚欄杆。幾時歸來呀，媽媽喲！幾時你會回到故鄉的家園，這籬邊的雛菊，空階的落葉，依舊是當年的庭院。只有你的女兒喲，已墮入絕望的深淵：只有你被棄的女兒喲，在忍受無盡的摧殘。

雖然，《古塔奇案》的本事已無從查考，但憑這兩闋歌詞，也可窺探到一點奇離彷彿，悲歡離合的劇情了。而歌詞的古典、淒美，旋律的悽惻、哀惋，以及源自《詩經．秦風．蒹葭》的歌名〈秋水伊人〉等，無不引人入勝。所以，它當年之所以能風靡大江南北，並流傳至今，燒入CD片，不是沒有原因的。

我第一次聽到這支歌，是民國三十八年秋天，於廣東潮安縣庵埠鎮，向「陸軍第十二兵團軍政幹部學校」（兵團私立）報到入學後的一個黃昏。

那時，我們駐在一個很氣派的大祠堂裡，前庭左右開門，正前是照壁。照壁外面是個橫向長方形的大水塘，微風過處，柳影依依，碧波粼粼。古老的後院，有一口直徑約一公尺的深水井，井旁蕉蔭習習。院牆很高，給人一種陰深的感覺。一個老廣同學就把那水井命名為「古井」。某夜「鬧營」後，次日傍晚沖涼時，他又即興地說是「古井揚波」。然後就和我們坐在大柳樹下，唱起〈秋水伊人〉來。唱了一半，他又把歌中的情景和眼前的柳樹、池塘、古井、芭蕉等攏扯在一起，像是在說唱一個才子佳人的悲劇故事。所以，我後來一聽到〈秋水伊人〉的歌聲，或是看到「秋水伊人」這四個字時，當年那幅「少年十五二十時」的「古畫」場景，就會不請自來地重現眼前。

那年秋末，我們奉命遷臺繼續未完的訓練。次年秋末，又奉命遷往金門。這一路的播遷，總有〈秋水伊人〉相伴著我們「革命擔重任，萬里赴長征。氣吞河嶽，雲滿長城」（本校自製〈行軍樂〉歌詞）的志向與遠景，即使在太武山頭放歌「望穿秋水」，「望斷雲山」，也沒流過一滴眼淚。

稍後，軍中風行思想教育，像〈秋水伊人〉這樣悲切的歌，按理是很「敏感」的，但當時還沒有「歌禁」，勞軍團和康樂隊有時也唱，我們這批未經國防部核准的「黑見習官」，豈有不唱之理？因此，我們就常常聚在一起哼哼唱唱，當然還有其他會哼會唱的「名」歌，如〈秋詞——桂風飄〉、〈江南夢〉……好多好多。往往，一支沒唱完，又換一支。哼累了，就吹牛聊天，然後一哄而散，各幹各的營生。

民國四十一年，我們幾十個同學在國防部的安排下，考入通信兵學校。受訓完畢，我和大部分同學被分發到聯勤通信兵團的無線電臺工作。那時，我們的電臺都在備戰狀態，通常是兩三小時聯絡一次，「榔頭」敲幾下就「GB」（再見）了。只是，一個「班」要值六個小時，人可下機，但不能離開。這多餘的時間，尤其是漫漫長夜的大夜班，總得想辦法打發。因此，很多報務員就養成了一邊看小說，一邊抽菸喝茶的習慣。而戴上耳機聽「靡靡之音」的，也大有人在。我則是「全武行」了。

那年頭，聽收音機是一種高級享受。我們的V-101收發報機，也是收音機。機上附有時鐘，每天中午十二時，要跟「中廣」「對時」，並收聽新聞及娛樂性節目。其餘的時間，只要不妨礙工作，也隨時可聽。

那時，各公民營廣播電臺，都擁有不少大陸時期影歌星的唱片，周璇、白光、李香蘭、李麗華、吳鶯音、姚莉等人的不消說，白虹、顧蘭君、陳雲裳、陳玉梅、龔秋霞、胡蝶、郎毓秀等人的也有，真是聽得過癮。此外，大陸來臺的女歌星、女藝工隊員，如高曼麗、朱靜美、趙莉莉……等，起初在南京西路河堤外沙洲上的「露天歌廳」演唱（中正橋下也曾有過這型歌廳），後來轉到西門町的歌廳。她們唱的幾乎都是「老」

歌，龔秋霞的〈湖畔四拍〉和〈秋水伊人〉也在其中。但到民國四十四年公布「禁歌」以後，好些歌都「失蹤」了，〈秋水伊人〉也「不見伊人的倩影」了。

老歌被「禁」，對廣播電臺、歌星及唱片行當然有影響，但對我來說，卻沒有絲毫影響。因為，我手抄了幾十支喜歡的老歌，有的已「複製」在肚子裡了，〈秋水伊人〉便是其中之一。閒來無事，愛哼哪支就哼哪支，自由自在得很。至於〈秋水伊人〉被「禁」的原因，是在晚近讀了些有關流行歌曲的著作後，才恍然大悟。原來，這支歌的詞和曲，都是出自「中共的音樂家，上海音樂學院院長」賀綠汀之手。賀是老共產黨，又是中共的「學官」，哪有不「禁」之理？但說句實話，好歌永遠「禁」不死，這也應是一個「真理」吧。

九十八年四月十三日

原刊《文訊》二八八期（二〇〇九年十月）

謝輝煌（一九三一～二〇一八），初中畢業。曾任軍職、軍報記者、《金冶公會會訊》及詩刊編輯等，曾為中華民國新詩學會理事、「三月詩會」創始同仁。著作有散文、詩、評論等，文章散見兩岸三地及新加坡、泰國等報刊。

Novel

輯三・小説

黑豆

◆王令嫻

那廣場的右側，有一長廊，可以避風雨、烈日，還有一長條一尺多高的水泥矮座，供人們坐坐聊聊，是輪椅族聚集的地方。每天清晨七點左右，來自四面八方病患坐進輪椅，由年輕的外籍女傭推來。巴利和妮妮，二十多歲，來自印尼，兩人同鄉、同學，現在算同事。巴利伺候的章爺，是一位八十多歲的老頭，癱坐在輪椅上，插著鼻管，一床灰色毯子蓋滿全身，黑絨帽下，露出風乾的焦黃臉；妮妮伺候的汪奶，是七十多歲的胖老太婆，穿得臃腫，戴頂紅絨帽，一張圓臉，像個菠蘿麵包，臉上的老人斑，好似巧克力片，東一塊，西一塊的。她的雙手不停的搓著，因為女兒告訴她，這是手的運動，以防手指僵硬。這天，因為輪椅來得少，兩椅之間的距離比較大，巴利的章爺和妮妮的汪奶，兩輪椅面對面的排在一起了，她倆快活的，親熱的坐在一旁的矮座，各自分享帶來的早餐，邊吃邊笑，哪怕細雨綿綿，微風不斷，已是冬季，她們抓住春季不放，有時遠遠見到同鄉，更是飛揚著清脆的嗓門，吱吱喳喳的說著，沒一個病患聽得懂的話。吃完早餐，又拿出家人寄來的相片看。

輪椅上坐的，全是七、八十歲的老人，是沉默的一群；聾的、啞的、跛的，半盲，都有。當巴利和妮妮交換伺候病人的心得，發現章爺和汪奶都能聽一點，看一點，她們感到滿意，比較容易溝通。汪奶習慣性的搓著兩手，心想，從來沒仔細的看過身邊這個老頭，好像他沒張開過眼睛！好動，是肯定的，有時他在我左邊，有時在右邊，經常會滑落身上的毯子，粗心的巴利都不知道，全靠我替他再蓋好。她無聊的看著他，突然，她愣住了，瞧那老頭嘴角邊有一粒黃豆大的黑痣！不對，不是這種黑得無神，還長出銀色鬍鬚的，那該是黑得發亮的一粒！記憶像打碎的玻璃杯，碎片無數，記得閃亮的那大塊；中日八年抗戰勝利的那年，她初中畢業要考高中，因為數理不好，母親替她請了位家教——一位重慶大學大三的學生。「叫老師。」她沒叫，等母親走開，她低聲對他說：「叫你黑豆好嗎？」他說：「好。」他講課時，嘴角邊那粒黑痣不停的晃。他沉思時，喜歡用中指摸摸它，好像靈感就來，問題就解決。汪芯見那粒黑豆沒法專心聽課，她在研究眼前這個男的，眉、眼、鼻、嘴，怎麼都擠在一起，外加一粒醒目的「黑豆」，實在難看，男人該有男人的帥氣，他沒有。補習了一學期，他因家裡有變故，不教了。臨走前，他說：「汪芯，這是個謎題，讓你猜四個字。」遞給她一個信封，揮揮手，說再見。她心裡嘀咕：你知道我不喜歡猜東猜西的，偏偏這時候要走，還要我猜，不會說些別的！

不過，她還是從信封裡抽出信紙，讀著：

天鵝飛去永不回
良字去頭雙人配
雙木非林心相連
您字無心各自飛

請猜四個字

汪芯想都不想，把它往抽屜裡一塞。

過了幾年，她要離開家，清理抽屜，發現這個謎題，才用心的猜了猜，原來是「我很想你」四個字。她喊了聲：「該死的黑豆！」

是眼前這個變了樣的黑豆？

她又抓住另一片閃亮的記憶：抱著女兒擠在洶湧的人潮中，敲鑼打鼓的迎媽祖。對面是個光頭小男孩，騎在大男人的頸項，那男人驚慌的眼神和汪芯的眼相撞。他說：「怎麼胖得找不到眼？」她叫：「黑……」卻把「豆」字吞下肚。哼！找不到眼，人難道沒看見！剎那間，彼此都淹沒在人潮中，不見蹤影。

怎麼自己會變成輪椅族的一員，只因摔了一大跤，立刻廢了後半生！他也是吧！

接連好幾天都沒看見巴利和章爺，汪奶仍然會幫她左右的難友拉拉滑落的衣物。

一天見到巴利沒推車來，臉上不見笑，把妮妮拉在一旁，像在商量什麼事，然後巴利點點頭，走向汪奶，把手中揉成一團的紙展開，遞給她。汪奶看見紙上七歪八扭的一個「謝」字，她點點頭：「謝了。」巴利在一旁唏哩呼嚕的哭著。

原刊《文訊》二八一期（二〇〇九年三月）

王令嫻（一九三二～二〇一〇），國防醫學院護理系畢業。曾任臺灣肥料公司南港廠文書管理員、《國語日報》作文班老師。曾獲《自由青年》徵文社會組首獎、洪建全文化教育基金會兒童文學徵文童話獎、臺灣省教育廳中華兒童叢書金書獎。著作包括散文、小說及兒童文學約十餘種。

二十年後

◆段彩華

一

鼓聲震撼成一顆一顆炸彈，向舞廳的四面散開。它沒有煙霧，卻能刺聾人的耳朵。琴弦也迸出一條一條瀑布，不帶雨珠，也沒有薄露，卻沁入聽眾的肺腑。

再過一個小時，就要進入午夜了，正是一天當中，神魂最疲倦的時候，我癱軟在座位上，想出去透透氣，但礙於主人的情面，不好意思離開，只得端起杯子，把咖啡猛灌了一口。

請我來的主人是畢環，舊時的同事，二十年沒見，變成歡樂場中的操盤手。年紀已四十多歲，為了達到把玩美女又能賺進大把銀子的目的，才開下這座遊樂場。霓虹燈光打出的招牌是「夜醉城」。舞池的四面，也不斷的閃耀著這三個大字。

畢環坐在我的對面，緊依著他的，是頂尖頂尖的美女小莉，滿臉的脂粉，頭髮長長的，柔軟的身軀裹在時髦的紗衣裡。半透明，遮掩不住裡面的白嫩。

燈光聚成圓月形，照射著一位女歌星的上半身，穿著鵝黃色的洋裝，臉上也搽著脂粉，和小莉相比，是另一種色調，薄薄的，淡淡的，盡量流露出她天生的面龐兒。我覺得眼熟，好像在哪裡見過。仔仔細細端詳幾眼，不，不可能！我絕足不到這種歡樂場所中，怎會認識在風塵中打滾的女人呢？

扭腰擺臀，扭腰擺臀！手裡拿著麥克風，輕佻慢扭的唱著不知哪國的洋歌，空中灑下紙花，乾冰造成的濃霧又從舞臺的四面圍裹著她，縹緲的，虛無的，有一些冰霧罩住那圓圓的光圈，我更覺得若是見過她，也是在遺忘的夢中。

「白千夢！」畢環直呼我的名字。

「嗯？」我答應一聲。

「你認識那位唱歌的女孩兒嗎？」他問。

「不認識。」我說。

畢環忍不住笑起來。「真沒看出她是誰？」

我聽他這樣講，又認真的多瞄幾眼。「也許在夢中見過。」我說。

「那個女孩兒卻認識你呢。」他說。

「噢？……不可能……不可能。」

「等她唱完這首歌，會自動走過來，請你跳舞。」畢環說。

「請我——一個老青年？」

「是的。」畢環說：「到了舞池中，她會主動向你介紹她自己的。」

「唔。」我答應一聲。心裡疑疑惑惑的猜想，這是仙人跳嗎？我是不是墜入一種詭計？

如果是詭計，何必事先告訴我呢？

打鼓的那位青年朋友，臉孔也挺熟的，彷彿在哪裡見過。

「那是可能的，」我的心裡默默猜想：「他是某一個校園樂隊的打鼓手。我常到那些校園中去，認識的青年朋友比忘掉的多。到底忘掉多少？自己也算不出來。」

每一個都有近似的青春，每一個青春都會從死灰中再現。

歌聲高揚時，舞廳總管從暗暗的光影中出現。一臉的橫肉，連擠出的笑容都像用石雕呈現出來。她是一位女強人，身材高䠷，裹在厚重的披風裡，我懷疑她可能害病剛好，必須穿不合季節的冬裝，才能保證不再犯病。經過每一個圓桌時，都向顧客們略微點點頭，表示答謝。

畢環看見她，傲慢的瞥了一眼，突然站起身，拉著小莉的手腕，離開座位，翩翩的進入舞池，一隻手摟住細細的腰，把上半身的重量，緊緊的壓在她的酥胸上，微微摩擦著。小莉只好仰起臉，腰肢向後彎曲，腮頰又被畢環的硬貼著，高跟鞋上的兩條秀腿，也幾乎支撐不住。

臺上仍在歌唱，樂隊也沒有降低分貝。女強人快走幾步，穿過幾位舞客，衝到畢環前面。在我的角度上，看得很清楚，她一把拽開了小莉，另一隻手向衣服裡掏一把，身體向前猛一竄，畢環低沉的驚叫，兩隻腳顛簸著往後退，皮鞋打著滑，似乎不可能再站穩。

不知哪裡飛來的衝動，我本能的闖過去，想阻止發出的事！女強人又向前緊逼，緊貼住畢環的胸口！

他發出慘痛的大叫，向後猛一仰，兩隻手扎拉著，胸口噴出鮮紅的血！

女強人也怔住了，我趁她驚愕的一瞬間，奪下她手中的利器。那是一把匕首，鋒刃和刀柄都是鮮紅的。

小莉和舞客們全躲開，女強人回過意識，咬一咬牙，快速的捱近我，想奪回匕首。兩隻手抓住我的腕子，正在扭搶，打鼓的青年早已跑過來，把兩隻膀子插在我和女強人中間，大叫了幾聲：

「白叔叔！你閃開！快一點閃開！」

我連忙向後退，女強人掙不過打鼓手，再度怔在那裡。畢環已經摔倒，掙扎在血泊中。

不知什麼人用手機聯絡上巡邏警察。他們趕到時，又聯絡一一九。

「是你殺的嗎？」一個警察問女強人。

「不是。」女強人說：「不是。」

警察又轉向我：「那……就是你殺的啦？」

「不，」我說：「不是我。」

「兇刀就握在你的手裡，」警察說：「向下滴著血，你還想抵賴狡辯嗎？」

「刀子是握在我的手裡，」我說：「人卻不是我殺的。」

「我可以作證。」那位女歌星走過來說：「他是我爸爸。也是我爸爸請來的客人。我的這一位爸爸，不可能殺死另一位爸爸的。」

做筆錄的警察忽然停下來，插進一句問：「小姐，小姐，你到底有幾個爸爸呢？」

「兩個。」女歌星說：「被刺殺的是親生的爸爸。手中握著兇刀的，是我夢中的爸爸。」

「小姐，」我驚訝的問：「我怎會成為你夢中的爸爸呢？」

「白叔叔，白叔叔，」那位女歌星說：「你真的不認識我了嗎？」

「你……？」

「我是畢珍如，你的小如啊！」

我的腦海裡一翻，浮現出她小時候的樣子。「小如，是你啊！」

「是的。」畢珍如說，用手一拉打鼓的青年。「他就是小剛，畢向剛，你的小剛啊！」

我的腦海裡又浮現另一個小孩子，喃喃的說：「唔，唔，我記起來了，通通想起來了。」

「我們是在問案，這是第一現場。」警察說：「刀在誰的手裡握著，誰的嫌疑最大，不是讓你們敘舊、訴親情的。」

「說！」另一位警察冷冷的說：「你是怎樣刺殺畢環的！」

二

救護車開到時，畢環已沒有生命的跡象，遺體運往另一個場所，接受法醫的檢驗。

我和女強人杜立芝被押上警車，中間隔開警察，坐在斜對面的座位上。小莉、畢珍如、畢向剛，還有兩位離案發現場最近的舞客——都是目擊證人，坐進了警車，臉上流露出倒楣和無奈。

兇刀已被警察收去，我的手心和手指上仍留著血汙，斜靠在座位裡，把眼睛微微閉起，在車輛開動以後，隨著車身的搖晃，腦海裡又翻起浪花，一幕一幕浮現出往事。

在中部地方法院的法庭上，珍如的母親霍婉心——一位二十二歲的纖弱女人，用慈愛的胸懷，想撫養兩個幼稚的孩子長大，永遠陪在他們身邊，不得已的，才控告丈夫畢環家暴，希望打贏官司。打出悲情牌，讓丈夫回心轉意，再用愛情補起破碎的裂口，使得破鏡重圓。

畢環，滿臉的冷酷，眉宇間暗藏著凶狠，説話的聲音很大，絕不承認打過自己的太太婉心。一切的恩怨情仇，都是從原告的嘮叨抱怨，做不好家中瑣事，不能配合丈夫的上班引起。

我和另兩位同事坐在旁聽席上，期盼他們夫妻能夠和好，共同撫養珍如和向剛。尤其是我，在他們的結婚典禮上，我是男女雙方的介紹人，雖然畢環和婉心的結合，從認識到步上紅毯的那一端，都不是我介紹的。

法官問得溫和，最後拍板決定，原告霍婉心勝訴，兩個人必須重回到一個家庭裡。畢環的反控，想獲得離婚不能成立！

這樣判決是皆大歡喜，只有畢環一聲不響，默默的離開法院。

出乎意料之外的，在經過二審時，官司有了天變成地，而地也變成天的大逆轉！霍婉心在法庭上說，她同意和畢環離婚，放棄兩個孩子的監護權。從離婚證書簽訂的這一天起，她不再撫養照顧珍如和向剛。

法官問：「你突然轉變，為什麼？」

「他說，我瞎了眼！」婉心掉下眼淚：「並且恐嚇我，會挖下我的兩隻眼珠子泡酒喝！法官，他會做得到的！」

我聽得渾身冰涼，看著霍婉心和畢環在離婚證書上簽了字。

三

五歲的珍如和四歲的向剛，由畢環帶著上班，吃公家的伙食。回到家裡，已找不到媽媽。

在大家心目中，我是公認的「介紹人」，只得做好人做到底，拿出一部分薪水，幫兩個小孩繳伙食費，以及幼稚園的學雜費。

更難預料的是，畢環娶了杜立芝。在後娘的妒恨中，不許畢環再理珍如和向剛。有一次，他坐車載著兩個小孩，被杜立芝看見，立即叫他下車，並且揮手打了他一耳光。

畢環想反抗。「你敢動！你敢動！」杜立芝指著他的鼻子罵：「我的眼裡揉不進一粒沙！」

畢環像洩了氣的皮球，軟鬆鬆的搭拉下肩膀。那是很多人親眼看到，告訴我的事。

改換我用摩托車，三貼式的接送兩個小孩讀幼稚園，未滿一個月，珍如忽然向我說：

「白叔叔，我和弟弟可以換一個幼稚園嗎？」

「不可以。」我先是反對。

「我們非換不可！」珍如撒嬌說。

「為什麼？」我問：「光新幼稚園不好嗎？」

「同學們都笑話我和弟弟沒有爸爸，也沒有媽媽。」珍如帶著哭聲說。

「你有爸爸啊！」我說。

「爸爸不來接我們，也不見送我們。同學們都聽見我們叫你白叔叔，才常常笑話我和向剛，是沒父沒母的孩子！」

「換一個幼稚園，還是一樣啊。」我說。摩托車仍然向前闖。

「那不同。」珍如說。

「有什麼不同？」我問。

「換幼稚園以後，我可以改口叫你爸爸，不再叫白叔叔。」珍如哽咽說：「向剛也是一樣。我倆天天這樣叫，同學們就以為你是我們的爸爸了。接到家裡，也一定像他們一樣，有媽媽洗衣服做飯，不是住公家宿舍。」

我的心裡湧起一陣淒涼，回到公家宿舍後，把他倆安頓好了，立即去找畢環商量，決定把兩個小孩換讀「慈美」幼稚園。

「爸爸，爸爸。」我再接送他倆上學放學時，珍如這樣叫我，向剛也這樣叫我。

進入小學又有三年，他倆仍這樣呼喚我。在同事們的心目中，以為經過畢環的允許，他倆變成我的乾女兒、乾兒子，其實不然，正像「介紹人」一樣，我沒經過磕頭認養，只是虛應故事的「爸爸」，不管他是乾的還是濕的。

直到我調到臺北以後，記憶被時光掩沒，漸漸沖淡，忘得乾乾淨淨。

四

在警察局裡，目擊證人小莉說：

「杜總管先捅了一攮子，再捅一攮子！」然後指一指我：「這位先生才搶下匕首。」

「是這樣子嗎？」警官問杜立芝。

「不是。」杜立芝輕巧的說：「我想搶匕首，阻止凶案發生，才在匕首柄上留下指紋，手上也沾著血。」

另外兩位舞客，證詞和小莉說的相同。杜立芝仍然搖搖頭，堅持著說：「畢環不是我殺的。」再用手指一指我，「是他殺的！」

「這是熱浪來襲的春天，你為什麼穿冬季的厚外套？」警官說：「為了暗藏匕首，想殺你的丈夫是不是？」

「不是！」杜立芝仍然否認。

警官再盤問我，我把經過的情形敘述一遍，又提出有力的佐證。我說：

「你們可以查查我的網路通聯紀錄，是畢環五天前請我來參加『夜醉城』的開業典禮，我才來中部的。想想看，我沒有理由殺一個老朋友。而那位老朋友更沒有任何可能請一個人來殺他，是不是？」

我答辯的這幾句話，成為解除膠著狀態的關鍵。杜立芝的兩手向上微舉，又慢慢的落下去。警官緊逼著說：

「我們也會根據匕首的來源，查一查是誰購買的？向哪一家購買的？查明真正的疑兇……」

他才說了一半，杜立芝突然衝過去，一把揪住小莉的頭髮，摑了她一耳光，大罵：

「這個小賤貨，想勾引我的老公！都是你引起的！也通通要怪畢環，他以為他那兩套已經把我吃定了！」

畢珍如、畢向剛和一位警察搶過去，把她的手用力扳開，珍如又護住小莉，向剛擋在中間，杜立芝才悻悻的退後幾步，緩緩的坐在椅子裡，一臉迷茫的樣子。

「怎麼？」警官說：「你招認啦？」

「我是××幫派的大姊頭！」杜立芝說：「管理教訓小妹們的規律有一條：不管做

出任何案子，都要矢口否認！」

「否認什麼？」

「與自己無關！」

這幾句話一說，整個警局裡的氣氛緩和下來。珍如和向剛也坐到椅子裡。

杜立芝被宣告是疑兇，立即收押禁見，將轉交檢察官和法院審問。我則交保釋放，變成目擊證人之一，在審理此案時，隨傳隨到。

心裡掉下一塊石頭，我吁了一口氣，走向洗面盆子，洗掉手上的血汙，一面說：

「這是中部，不是臺北，地緣關係不妙，誰來保我呢？」

記者們正用攝影機照我，珍如跟在我的旁邊。「我來保你。」她說。

「噢——」對她這樣爽快，我有點訝異。

「大歌星，」記者們搶著問珍如：「你為什麼保他？」

「因為——」珍如說：「這二十多年以來，他一直是我夢中的爸爸。女兒不保爸爸，還要誰擔保啊？」

「好的，」我說：「謝謝你。」

「在法院開庭期間，你可以住在我的家裡。」畢向剛說。

「他也是你夢中的爸爸嗎？」記者們又追問。

「不是。」向剛笑著說：「他只是我的白千夢白叔叔，當年的那位白爸爸，早已在漫長的歲月中遺忘了，在我敲打的鼓聲中變質了。」

「向剛，」我指一指他說：「你真現實。」

「我從來沒有過爸爸！」向剛說：「年齡越大越否認，即使是親生的……」

「向剛，你怎麼可以這樣說呢？」珍如指責弟弟。

我的心裡浮現一個天秤，把珍如和向剛放在兩邊秤一秤，天秤的重量是相等的。

「他是對的，你也是對的。」我認真的說：「女孩子的感情和男孩子的感情，本來就是不一樣的。」

原刊《文訊》二九六期（二〇一〇年六月）

段彩華（一九三三～二〇一五），革命實踐研究學院大眾傳播系畢業。一九四九年開始從軍，退役後曾任記者、中國青年寫作協會總幹事、《幼獅文藝》主編、《國是評論》總編輯等。曾獲中華文藝獎金中篇小說獎、國軍新文藝金像獎、中國文藝協會文藝獎章小說創作獎、中山文藝創作獎等。著作以小說為主，兼及論述和傳記計二十餘種。

那個暖暖的下午

◆師範

幾乎是同時，他們到了相約見面的地方。

遠遠的他就已看到她走過來了，他迎了過去。其實他已告訴過她很多次，約定的時間只是一個概念，大家年紀大了，尤其對她而言，瘦削的身軀已經有點弱不禁風的感覺，沒必要急急忙忙的，只是為了準時。但是這就是她。幾十年來，從學校裡同學開始，她從不遲到。守時是一種基本的尊重，對別人的，對自己的，更是彼此間的信任與承諾。

他們到那個百貨公司地下室的那家熟悉的餐廳，找了一個位子，對面坐了下來。

「今天我請你吃你愛吃的菜。」她說：「但是我點。」

「好，你點菜，我付帳。」他把菜單推到她面前：「憑良心說，現在你比我更內行。」雖然她是北方人，但是在江南這個大城市的學校裡長大的她，早已愛上了江浙菜，而且真的對江浙菜裡個別的菜色，在長久的品嘗裡，能辨別出它們間不同的風味。

他把手上的東西放到她的面前。

「又是什麼好吃的東西？」她微笑看著他問：「你是一定要把我餵胖才高興。」

「昨天晚上剛從老大房買來的，」他說：「滷鴨掌跟芝麻酥。」那是她最愛吃的。他說：「現在老大房的東西比前幾年要好很多了，當然不能跟以前比。」他笑著說：「你呀，怎麼吃都不會胖，所以我才會買。——現在九十分鐘就回到臺北了，應該不會變質。」

多少年了，他就是會記得。他還記得什麼？那個為賦新詩強說愁的年齡，那個被欺凌的祖國，那個被汙辱與被損害的年代，以及在那個年齡、那個年代下，他們的互信與熱愛，對國家的，以及對對方的。

他們都記得。所有中國人都記得。

「我已很久沒回去了。」她說。他知道。當年兵荒馬亂的九死一生中，她一個人來到這裡，一切都沒了。驚魂甫定中好不容易幸運的插班進了這裡的大學，在貧困中撐到了畢業，被分發到外島擔任國中的教員。然後，在對他長久的盼望，但是依然杳無音訊的落空下，過了一般女人結婚的年齡，終於跟那個也是流亡學生背景的他相識，結了婚。好不容易等到開放探親，就歸心似箭的回了故鄉，急切的尋找渺無音訊的家人。但是什麼都沒有了，被鄉親遺老所告知的，特別是自己的父母與家人，都已杳不所終。於是她只能萬念俱灰的返回他鄉，那個現在是自己唯一有根有葉的地方：丈夫、孩子，那個自己的家。她也曾特別繞道江灣，返回母校，作一次明知人去樓空的探訪，幻想也許可能有人會知道他的下落，不論他現在是什麼情況。但是物在人亡，人去樓空，空餘憑弔。她開始過她安靜而沉默的日子，生兒育女，繼續工作。然後孩子們都長大了，一個個都出去了，深造，然後就業。她的心安靜了下來。但是，老天有眼。從沒想到在生離的幾十年後，卻又在異鄉見到了他。

有一天下午她在隔壁李太太家串門子，李太太請她吃在附近小雜貨店裡買來的花生米。因為快吃完了，李太太就把那個用廢紙做成的小紙袋交給她。她一邊吃，一邊隨便看看那個小紙袋上的字：江灣大學旅臺同學會會刊——本年度校友捐款芳名錄。原來這裡居然有江灣同學會！她把這個花生米紙袋小心翼翼的拆開，看到了這個校友會的會址與電話。回家以後，她就打電話去問，沒錯，就是上海的江灣大學的臺灣校友會。她問對方：成立多少年了？有沒有一個叫他名字的校友？她把他的名字一個字一個字解讀給對方聽，同時也表明了自己的身分，把自己的名字一個字一個字的說給對方聽，然後她說：「不過我沒能畢業，因為我是一九五一級的，讀商學系。」

「有啊，」對方說：「他是我們校友會主要的負責人，出錢，出力，現在校友會的會員子女獎學金，主要是他在負責。」為了怕同名同姓弄錯人，她再告訴對方：「是一九四九級國貿系的嗎？」對方說：「沒錯。一九四九級國貿系──你等一下，我再給你仔細查一查──沒錯，一九四九級國貿系──不過他是來臺灣後在臺灣的大學畢業的。」

「對，應該不可能在江灣畢業。」她說：「我們都來不及畢業。謝謝。」

「歡迎你參加。我們會告訴他，你來過電話──你也可以直接跟他聯絡。」對方報出了他家的電話號碼，「你也可以留下電話號碼，我們會轉告他。」

這已經是二十幾年以前的事了。那時她已六十幾歲，就快退休。他們就這樣聯絡上了。他當然也已結婚。亂世人生，不是少不更事的人可以論定。但是必須要承認的是：他們誰都沒有欺騙對方，更都沒虧欠對方。那個突然來到的巨變，誰也沒有想到，也都不能抵擋。在經過飽受日本人侵略殘害以後的劫後餘生，誰能料到又遭遇這樣驚天動地的巨變分離？人，被視若無睹，或者視同草芥，沒有什麼理由可以解釋。

實際上他比她還早到臺灣幾個月。在經過了重重的折騰以後，他終於通過了甄審，准予參加轉學考試，而念完了最後一年的書。他被分發到一個事業機構裡的一個濱海的工廠，當了一個起碼的小公務員，年復一年，隨著自己的努力與工作的需要，調到了這個城市。在這裡，他結識了幾個江灣的學長，也就是這樣，他們發起，並且成立了江灣同學會，雖然他最後一年的學校生活是在這裡完成的，但他仍自認是江灣的校友，也沒人可以反對。另一方面，他也一直在打探，她有沒有來？他也盼望有一天能與她不期而遇，或者經由同學會的聯繫而找到她。但是他失望了。她一定沒能跑出來。那個突變，誰也沒有想到。然後，在經過這麼多年以後，還是沒有她的消息，他不得不開始絕望。人生何處不相逢，相逢只能在夢中？他連夢裡也沒見過她。

但是有一天，這個夢終於成真。他們終於聯絡上，終於見了面。雖然什麼都變了，但是還有不變的東西：曾經相互擁有。在這個所有的人都不能避免的巨變中，他們能再見到、重聚，已是上天特給的恩典。因為，在這恩典的久別重逢中，他們有了見證：當年他們匆促分離時，她為他剪下的長髮——那束柔軟，但是永久保持不變的，長長的秀髮。

他把它一直藏在身邊。他帶它來臺灣，放在能找到的，最安全最祕密的地方。等到他有能力在銀行租下一個小保管箱的時候，他就把它安放在最裡面的底層上，它在他的保管箱裡已經幾十年。每次到銀行去，他一定打開保管箱，檢視輕撫，再把它放回去。這樣年復一年，他的頭髮白了，皮膚皺了，直到與她再度聯絡上而重逢以前，它一直是他僅有的思念與寄託。

現在他居然又見到她了。他感謝上蒼，也感謝她那束長髮。它是他們之間的幸運之神，即使現在大家都已身不由己，但是沒有任何人可以否認他們的曾經。

現在他什麼都有了，包括那些年來一直沒有的。這一生他已沒有遺憾。現在唯一想到要做的事，只有一樣。

那就是要趁大家都還健在的有生之年，把它交回她的手裡。因為他不想，也不願有一天它被人猜測，或者丟棄。

於是，他今天來赴約之前，去銀行把那束長髮拿了出來，放進自己身上那件大衣裡層的口袋裡。

如果她因此而誤會，而勃然大怒，他不會解釋。但是他不認為她會這樣。因為他是真正的珍惜彼此的感情，不願意在他不在的時候，被人糟蹋。

當然他在見她的第一時間，不會馬上拿出來。

她點了菜。蔥烤鯽魚，豆苗，排骨蘿蔔湯，以及他最愛的鱔糊。

他們吃飯，談著孩子們的事。大家都有了第三代，她的女兒帶著小孩上個禮拜才來看過她。她說：

「老大要她告訴我，最近太忙，要到耶誕節才能回來看我們。她爸爸反而說，有空再回來是對的——工作要好好的做——不過，說真的，他們不回來看我們，會惦記。常常回來，拖家帶眷，他們走了以後，收拾起來也很累。」她一邊笑，一邊聳著肩膀：「人總是這樣矛盾。」

「大家都一樣。家家有本難念的經。」他笑著說：「年紀大了，考慮的事就多了。而且，不同的時間，有不同的顧慮。」

「對了，」她突然接上來說：「我一直想跟你說一件事，但是一直沒說。」

「有這樣為難嗎？」他笑著說：「再不說，沒有機會說了。」

她坐正了一下。

「我正是這個想法，」她說：「我一直怕你生氣，不敢說。」她說：「但是，我想你不會生氣，也不該生氣。」

「你要說什麼？」他笑著說：「其實，我也有話要跟你說。但也是怕你生氣——雖然我認為你應該不會生氣。」

兩人都笑了出來。

「我不會生氣。」他說：「你先說。」

「你要是仔細想了，應該不會生我的氣。」她說：「那我先說罷——我在想，上次你說過，我那束長髮你一直在保管著。」

他一愣。幸好沒先拿出來。她一定會誤會。

「是啊，」他低低的回答：「是啊。」他好害怕她誤會。

「我覺得你現在應該要還給我了，」她說：「趁你健在的時候。」

他被她突然的提議愣住了。為什麼她也這樣想呢？是因為他說錯了什麼而生氣了嗎？還是真的是心有靈犀一點通呢？

「你要是聰明的話，這樣做才對。」她認真的說：「要不然，有一天你走了，你要怎麼向家人交代？誰知道這是你結婚以前的事？到時候妻女兒孫一大堆，沒一個人能為你說清楚。」

他鬆了一口氣。原來兩人之間真的是心有靈犀。她是在為他著想。

突然間他掉下了眼淚。他伸手在最裡面的衣服口袋裡拿出那捲長髮，給她遞過去。

「你是對的，」他的聲音低到幾乎聽不見：「除了我們自己，別人不會想這麼多。我們會有自知之明。」他幾乎哭了出來：「有很多事，現在的年輕人不懂。」

她接過了那個髮捲，然後把手邊的餐紙給他遞過去。

「我不會哭。」她一邊用布巾擦自己的眼眶，一邊說：「美好的時光我們有過了，我們還要什麼？」

他們站了起來，向櫃檯走去。他搶先付了帳。他們走出餐廳。

「下次我們去小南門吃肴肉，好不好？但是你不准再搶付帳，」她說：「你陪我去捷運站邊那個公車站後就坐捷運回家。你知道我不愛坐計程車。」

也許是剛吃了飯，已經是十二月了，街上沒有一絲寒意，那個暖暖的下午。

二〇一〇年十二月二十八日於臺北寓所

原刊《文訊》三〇五期（二〇一一年三月）

師範（一九二七～二〇一六），本名施魯生。中央大學經濟系畢業，美國普渡大學研究工業工程所結業。曾任公民營事業主管、董事及臺糖公司業務處長等。一九五〇年與臺糖友人合辦《野風》雜誌並任主編，是政府遷臺後第一本純民間的文藝刊物。著作以小說為主，兼及散文約十餘種。

再春

◆高鳳池

撒種子的時候，為了省工，只把地面攤平，就把種子像天女散花，一把一把撒出去，是沒有十分均勻，不過芽發時，看到整片翠綠，少有沒著種子的地方，或成團糾結在一起。沙質地適合種土豆，年年收成後，把老藤燒灰做肥，撒種後就不必施肥，也長得一片茂盛。其間，除拔了一些野草，就不必管它了。一歲一枯榮，秋來，藤葉開始枯萎，拔一叢探視，已結了成串的豆莢，長長的莢子，都有三四粒豆子，熟了，得開始忙碌了，不然，再來幾陣春雨，水多催豆子老，豆子發芽，就白費了一年工夫。

吟春就是這麼迫不及待，也不管今朝家裡有場法事，扛起大把陽傘，來到園裡工作。仍早，陽光已不留情了，雖躲在傘下，賣力拔起一叢叢，熟練地摘下成串的豆莢，只把個鑵頭，已滿臉汗水，也有了半個籃子豆莢。這樣工作一天，不怕沒有成百斤的豆子。收成好，心情應該舒坦，而吟春卻高興不起來，一早就被什麼壓著，喘不過氣。

一陣子後，回頭看到婆婆提著水壺也來了。「這麼熱，你沒帶水，先喝些水……摘這麼多了。」婆婆的口氣關心，讓人溫暖。

「做事的回去了？」吟春喝著水，心裡有份歉疚，她應該在家，幫頭幫尾才對。

「回去了。」婆婆說，也感覺到媳婦的心情，「只因滿七，沒這樣做，讓良助上桌做神也不行。」

「阿母，我沒在家，讓你一個人忙。」

「沒什麼事啦，也不過給做事的敲敲鑼鈸，唸唸術語，就撤靈燒紙，供良助上桌。你先來撿土豆是我說的，這麼久，你天天三頓拜飯，對良助有交代了，今日辭飯，我了解你心情。吟春，說實在的，我對不起你，我後悔，我不甘。」

「阿母，你不要再這樣講，這是我的命。」

婆媳對坐著，摘下串串豆莢。手動著，嘴巴閉著，長長一陣子沉默，好像過去的都希望到此做個結束。

三分地的土豆園沒有僱人幫忙採收是夠辛苦的，又怕前面說的這時候來一陣大雨，過多的雨水助長豆子發芽，婆媳倆就沒暝沒日工作著。大湳村的人口雖少，家家戶戶種土豆，收成時節，只靠煮熟吃著玩，絕對消化不了，只好晒成乾、剖仁，整批賣給販賣行。這一連串的工作，使家家戶戶忙著和天氣賽跑。吟春婆媳忙完一季，總有七八個大布袋裝著，四五百斤堆在倉庫裡，等市場價錢好再脫手。這是一筆好收入，但一想到年年如此，天天忙碌下來，一身汗，一身土，一身髒得像土鬼。做母親的當初向吟春家提親，才開口就吃了閉門羹，吟春的母親說我們沒有意見啦，女兒好就好。這是緩兵計，吟春就像沒聽到，決心不嫁在大湳村繼續受苦。

偶然一次，吟春在街上看過良助，一副春風得意的臉，斯斯文文，不像種地的男人——裸著腳，又黑又粗，頭髮像幾個月沒理，髒兮兮像鳥巢。母親勸嫁，知道良助家有一片產業，吃飽穿好，不是女人的幸福所寄嗎？種田苦，十幾年都苦過來了，何況良助家人少，清閒，他老母做人沒人嫌。後面一堆話，打動吟春春心蕩漾，就答應了。良助家很快下訂，吟春開始和良助接觸，良助的個性溫文，說話的聲音像調妥的弦，俐落好聽，吟春更相信將到來的幸福。

結婚後，吟春才發現良助不喜歡山園的工作。他有他的興趣，每天晚飯後到離家有半里路的觀音廟拉弦，他們有個小音樂團，有個師父帶頭傳授，每到夜深才回家。每天晚睡晚起，園裡的工作母親扛著，任勞任怨，很少對兒子抱怨，真是好母親。有一天，婆婆的一句話驚動吟春，良助的胃從小就不好。母親不會給良助粗重的工作，胃病的祕密也一直守著。雖是同村住著，村頭村尾相去一兩里路，吟春家從沒聽說。婚後一年，良助的病癥表面化了，三兩天一次去看醫生。婆婆叮嚀叫計程車代步，不要騎摩托車，吟春節儉個性從娘家帶來，每趟依舊載著良助上路。到醫院，讓良助坐著，吟春轉身去打理各種診察的事。良助的病情已到了要做好多檢查的階段，良助就那麼不耐煩，動作遲緩不說，還埋怨個不停。吟春伸手扶持，一再勸他耐著點，要給醫生好臉色，你有了脾氣，也讓醫生心煩呀。又要抽血了，良助喊痛，說血抽光了，病怎麼會好。這時候，吟春笑著安慰他，「要是抽我的可以，就抽我的，你就不痛了。」去一次醫院，總要待上半天一天。後來得住進醫院了，吟春開始在家和醫院間像隻蜜蜂忙得團團轉。婆婆全看在眼裡，想到當年老伴怎麼折磨她，對吟春感激。一些日子後，知道良助無藥回天，每到醫院探視一次，就老淚縱橫，安慰媳婦再忍一忍，大家的痛苦就結束了。果然就是這樣，良助走了，忙了幾天，這村裡的獨戶人家回歸平靜，只多了廳堂裡良助的靈位。

現在四十九天過去了。

夜暮罩下，婆媳才各挑著四五十斤的土豆回家。吟春走過廳堂，不見良助的靈位，空蕩蕩的，才真正感受到已失去這個人，有份失落，但心情仍踏實不下來。

婆婆放下擔子就去燒水。吟春著手淘米煮飯，洗菜，剖魚。良助生命的後期，吟春就想到有一天會面對這樣的場面，她開始要面對了，以後的日子就是這個樣子。

「吟春，換你去洗，剩下要煮的我來。」婆婆一邊綰著洗過的頭髮說：「你洗好，我們就吃飯了。做了一整天，中午吃了冷便當，你也餓了吧。」

吟春聽婆婆的話換手進了浴間。婆婆只用了一半的熱水。吟春卸下衣服，整個人爬入木桶裡，一進去還溢出一些水。吟春頭靠桶沿，閉眼放鬆心情。這隻木桶，婆婆說是卓家的傳家寶，在日治時代，公公在日本人家裡做過事，看人家用這樣的木桶洗澡舒服，就買了一隻。松木打造，隨時間過去，桶色變暗了些，香味依舊。良助愛潔淨，吟春每天黃昏洗淨木桶，燒七分桶的水，良助總是整個人用它，吟春事後放掉水，再燒一次，給婆婆和自己使用。

「吟春，吃飯了。」婆婆從廚房拉高嗓子喊叫。

「就來了。」吟春回應，急急穿好衣服。

一桌子的菜，婆婆連飯也添好了。婆婆有心，也開了買了許久的番茄醬魚罐頭，吟春記得是有一次遊南方澳漁港帶回來的，吟春曾說她喜歡那又甜又酸的味道。

婆婆先下箸，「我知道你喜歡，其實我也喜歡。」

「有這麼多菜了。」吟春說。

「我知道你喜歡，這麼多菜，總不能老吃一樣的。」

吟春知道婆婆的用心，心頭被半口飯梗住了，只好用力嚥下去，跟著低下頭，一口一口努力扒著。

婆婆看出吟春的情緒，忍不住想說的話，停下筷子看著吟春，冒出這樣一句話來，「吟春，今後你有什麼打算？」

婆婆今天就說這句話，讓吟春不禁淚水潸潸。良助屍骨未寒，婆婆就這麼迫切。

「吟春，你不能哭。」婆婆眼角也閃著淚光，但她忍痛冷靜地說：「我也是四十不到就守寡。知道良助無望，你偷偷哭了幾個月。你願意嫁良助，你不知道我多感激，也多後悔。我太自私，但我們都是女人，我又是一個母親，我為孩子。俗語說女人菜籽命，我們只是遇到相同的不幸。但是吟春，我要為你負責，知道良助不行，我就在想你的事。你以後就當我的女兒吧，你才二十六歲，有好對象，嫁出去、招進來都好。再過幾年，我也老了，這個家不能沒有一個男人，這家的產業不能沒有人繼承。」

「阿母，咱暫時不談這些好嗎？我不會放阿母一個人無依無靠。」吟春轉身抽出背後桌上的手紙，給婆婆，也給自己。

＊

轉眼，屬於秋天的收成了了，春耕的工作隨著到來。

四分地的水田，割了稻子，利用空檔種了長年菜，年前，菜心有一筆收入，菜葉賣給做鹹菜的人家。現在空蕩蕩一片，要種稻子就得僱工駛犁。年年如此。那天，婆婆就找了有牛有犁有工的阿福，談好了開工的日子和工資。

隔了一年，想不到阿福老了這麼多，消瘦加駝背。阿福笑笑說：「放心啦，老兄嫂，我會按時過去犁田，你先把水引好放足，秧苗準備好。」果然阿福說話算話，只是一早到田地的時候，牽牛的是個少年，婆婆沒見過，阿福介紹說是他的外甥叫永男，二三十歲年紀，模樣好看，下田趕牛駛犁，穩重快速，一手牛繩，一手握犁把，在大湳村，婆婆沒有看過聽過有這個犁田老手。

阿福蹲在田埂上吸菸，偶而幾句給永男糾正。婆婆提點心來，在一旁看了一陣子，問阿福：「這少年以前做什麼的？」

「在外地擺攤賣水果，生意不好，賺不了錢，就回來做這一行。少年聽教，已犁過好幾十甲人家的水田了，還是農業學校畢業的。」

婆婆聽得心動，一邊叫休息吃點心，一邊低聲問阿福：「你這外甥結婚了沒？」

「還沒啊，婚頭未浮吧，總說不成，我一再叫我姊仔快給他娶親。」

「有你這阿舅真好，像他這麼能幹，我樂意幫他完成一門親事。」

「老兄嫂，你真能做成，紅包不會少。」阿福叫永男休息一下。

看著一臉端莊，一副健康身體的永男，婆婆笑逐顏開，心想，莫非天註定，吟春的姻緣會從這裡開始。婆婆下了決心，不管有什麼困難，都要辦好這樁婚事。下午，吟春也會過來，相信她看了這樣的年輕人也會動心。

做婆婆的，一對眼睛老在少年的身上溜來溜去。少年一碗接一碗吃著冒煙的肉粥，她又下了評論：會吃就會做，好漢仔。

原刊《文訊》三七九期（二〇一七年五月）

高鳳池（一九三六～二〇二一），中興大學經濟系畢業。自一九六四年服務彰化銀行至二〇〇一年退休。隨興之作，發表於各報刊與彰銀內部刊物《彰銀資料》，五十年間撰寫散文、小說逾三百萬字。著有《飄蓬飛絮》、《草地人》等。

思想起

◆張放

剛進晚報編輯部校訂組，羅組長為了袒護我，讓我校對副刊稿件，因為他知道我喜歡文藝，駕輕就熟，感覺興趣。誰知參加工作後，時常犯錯。拿著清樣默唸稿件，挑不出什麼錯字，但是卻發生錯字，事非經過不知難。羅組長為了訓練我的細心和耐力，讓我專門校對財經方面的新聞稿件，因為他了解我對財經常識一竅不通，看稿緩慢、仔細，不易出錯。唯一缺憾則是枯燥乏味。訓練了半年多，果然有了進步。後來竟然扣不到工資了，這真是喜出望外的事。

當時，如查出錯字，一字扣除工資五十元。雙喜牌菸每包五元，新樂園菸每包二元。報社這種懲罰制度，說句刻薄話，也算夠缺德的。

那年舊曆年底，我被調升副組長，並且專門校對副刊，以及每逢周日發出的八千字的「星期小說」；同時也提升了一點工資。那年我剛滿二十八，單身漢，沒有家庭經濟負擔。為了滿足虛榮心，我在狀元樓請了一桌客，校訂課、還有幾個檢字工人。菜不多，酒卻不少。每個人都喝得暈暈糊糊，一片恭賀聲，讓人聽得渾身起雞皮疙瘩。我臉紅脖子粗，趕緊站起來敬酒。

「乾杯！」

我們這一桌除了文妮，都是男的。文妮長得漂亮、大方，臉型猶如電影明星李媚。因此，狀元樓的服務生都圍近桌前，偷偷看她。她是萬綠叢中一點紅。整桌的人都喝酒，唯有文妮滴酒不沾，幫人斟酒。她是專門檢副刊文藝稿的檢字工人，跟我最熟。相處融洽，默契良好，可惜沒說過話。因為文妮不會說話。

兩年前，文妮從聾啞學校畢業，便考進晚報做檢字工人，她的文藝水準比較高，做事認真、仔細，我校對她的校樣，一點也不累。

那晚，我在餐桌發覺文妮的祕情，她反對我喝酒，也對我的縱情歡笑感到不滿。她為別人倒滿杯，給我卻只斟半杯，在熱鬧氛圍中，任何人也看不出來。我卻啞巴吃扁食——心裡有數。

這件事在我腦海盤旋很久，卻難以啟齒。文妮是我的同事，並沒有進一步的感情，她是不能干涉我的任何行為的。在晚報社內，只有羅組長是我的老朋友。過去在澎湖三十九師副官組，他是委三司書，我是上士文書。我來報社也是他鼎力推薦的。他比我大兩歲，兒子卻已上中學了。那天，老羅和我在小館吃麵，他突然關心起我的婚姻問題。隻身來臺，這種事沒人操心，還是得自己有個計畫才行。

我朝他笑。急啥？小孩子的雞雞——來日方長。

老羅捂住嘴，朝兩旁的客人瞅了一眼：賈明，臺灣四季皆春，日子過得快啊！

你幫我找一個，怎麼樣？

遠在天邊，近在眼前。報社就有一個合適的對象。

我聽了發怔。張飛看刺蝟，大眼瞪小眼。誰？

檢字房的文妮，或許你看不上她，我卻擔心文妮看不上你。賈明，如果你能追上她，結婚，那會幸福一輩子。說不定你會成為一個著名的報界人物。什麼原因？她是啞巴、聾子，聽不見外面的齷齪事情，不會朝你囉嗦、傳播是非。你會清靜一輩子。這種理想的對象，要把握住啊！

怎麼傳遞感情？

寫情書。臉皮厚一點。沈從文追「中國公學」校花，寫過這樣的話：「我不僅愛你的靈魂，而且要你的肉體。」沈從文是作家，你是校對，你怕什麼？

羅組長的話，固然合乎情理，但是做起來實在困難。若是文妮惱羞成怒，把我的情書貼在行政室外布告欄上，我怎麼能在校訂課工作？跑社會新聞的記者獲得這則消息，他們是寫呢？還是不寫？若讓臺北其他報社記者挖走這個新聞，我只有一條道路——跳淡水河。

從老羅談起文妮的事，我開始庸人自擾，不敢多接近文妮，有時甚至數日不碰面。但我卻時刻惦念著她，特別是她的休假日，我常懷疑她和聾啞男友出去看電影、逛街，因而露出吃醋嘔氣的表情。

一次，她送校樣來，我發現旁邊有一行鉛筆字：「賈副組長，這篇小說中有一個詞彙——悶騷，請告訴我何意？具體一點說明。至謝。」那篇小說寫得不錯，作者判係外省人，所以使用此一詞彙。我校完後，在旁邊寫了下面的字：「北方俗話，指一男人愛慕一女子，因限於環境、輿論，使他不敢向女方表達愛意，只有裝腔作勢，悶在內心搞鬼。此種人是假道學、偽君子，不值得同情也。」

那晚，文妮碰到我，捂嘴偷笑。

五年後，老羅退休，舉家移民加拿大。我調升校訂課長。元宵節，參加了文妮的婚禮。那晚菜吃得不多，酒喝得不少。我看到了郎才女貌的幸福場景，也嘗到了五味雜陳的真正滋味。思及往事，猶如昨日。

原刊《文訊》二八〇期（二〇〇九年二月）

張放（一九三二～二〇一三），菲律賓亞典耀大學文學碩士。曾任海軍出版社副社長、中央廣播電臺編撰、行政院文建會研究委員、菲律賓三寶顏中學校長、《臺灣新生報》駐菲特派員、中國文藝協會祕書長等。曾獲國軍文藝金像獎、中山文藝創作獎、吳三連文藝獎、中國文藝協會榮譽文藝獎章等。著作以小說為主，另有論述、散文、劇本約八十餘種。

生日快樂

◆畢璞

她坐在音樂會中，全神專注的在欣賞臺上一位丰神俊逸的青年鋼琴家彈奏蕭邦的〈夜曲〉，他修長的十指在琴鍵上飛舞，美妙的音符像無數看不到的小精靈，挑逗、撫慰著聽者的心靈，讓人陶醉、迷戀、忘我。她正沉醉在一段她所喜愛的旋律中時，忽地琴聲走音了，變得高亢、尖銳、刺耳。她大驚，以為鋼琴家失常還是鋼琴壞了，急得站起身來想大叫，可是又叫不出聲。這時，她驚醒了，原來是作夢，刺耳的琴聲是床側的電話鈴響。

她本能地伸手拿起話筒，「喂」了一聲。

「Happy birthday! 芷苓，你聲音啞啞的，還沒睡醒？」對方是一陣清脆的女高音。

「哦！是怡瑄。對不起！我剛才在作夢。昨晚又失眠了，所以醒得比較遲。經常失眠，我真是老了。你剛說生日快樂，今天是我的生日嗎？」

「你是真糊塗還是假糊塗？今天十一月十二日，是你真正的生日，因為你和國父孫中山先生同一天生日，所以我們都記得。芷苓，歡迎你晉身銀髮族，你整整六十五歲，為了給你慶生，也歡迎你加入銀髮族，卓如如、趙幼芳和我要請你吃飯，我們已在八里一家歐式餐廳訂了位；等一下我先開車去接她們，十一點來接你，好不好？」

「當然好，謝謝你們了。可是，為什麼臨時才告訴我呢？」

「為了給你驚喜呀！我們知道你這個宅女，不，應該說是宅婆了，總會在家的。好了，今天不要做宅婆了，回頭見。」

放下電話，芷苓從床上起來，一時間，喜悅與哀愁兩種情緒交雜在心頭。喜悅的是友情的濃郁溫暖；哀愁的是：今天起我真的進入老境了。她雖然已經退休了十個月，但那是因為身分證上的年齡報大了十個月的關係，而現在卻是真真正正六十五歲的老人了。

她想起了母親從前告訴她的一些往事。她父親是個小小的公務員，收入微薄，母親為了補貼家用，靠著一臺從家鄉帶來臺灣的手搖縫衣機在家裡替人修改衣服，既要做家務，照顧唯一的女兒芷苓，又要趕工，日子過得非常艱苦。那一年，芷苓五歲，她母親偶然聽說只要到戶政事務所去把小孩報大一歲，就可以提早一年入學。母親知道鄰居一位太太已經這樣做了，為了讓芷苓早點入學，她白天可以專心替人改衣服，也就照辦，芷苓本來是十一月生，改為一月，所以得以在未滿六歲就進入國小一年級。妙的是，鄰居那個也報大一歲的小男孩竟和她同班。兩個小孩既是緊鄰，平日也常玩在一起，現在又是同班同學，就成為好朋友。他們每天手牽手的一起上學，一起回家。下課後一起玩彈珠或尪仔標、跳繩、躲避球，感情好得不得了。他們一起上到三年級，還是好朋友。學校裡的小朋友開始取笑他們：「羞羞羞！男生愛女生，女生愛男生！」這使得他們在學校不敢一起玩；但回到家裡還是經常一起做功課。三年級那個暑假，小男生一家搬走了，從此就沒有再聯絡。

芷苓曾經把這段往事告訴怡瑄她們，她們全都取笑她：「好個青梅竹馬的小情人，他叫什麼名字？我們上網去找他，好不好？」

她沒有理會她們。現在想起來，那個名叫李臺生的小男孩，竟然真的是她大半生唯一的異性好友。她從少女時代開始就滿腦子羅曼蒂克的思想，不論文學、音樂、藝術等方面都只喜愛浪漫主義和浪漫派；可是她自己卻是既保守又古板，從青春年華到現在，不但與脂粉絕緣，服裝也一律黑灰藍白褐等黯淡的顏色，加上長年一頭清湯掛麵，加上一副黑框眼鏡，給人的印象就是道貌岸然，不可親近。小學畢業後，初、高中念的都是女校（怡瑄等幾個好友就是高中時的同班死黨），沒機會認識男生。上了大學，她只知埋頭在書本中，下課後就鑽進圖書館裡，不參加任何社團，也不跟同學們出去逛街、看電影。那個時代正流行迷你裙，她穿的是傳統的過膝裙，因此贏得了校園中「裙子最長的小姐」的封號，她都不以為意。她念的是中文系，系裡同學陰盛陽衰，男生們個個名「草」有主，當然輪不到冷若冰霜的她。

畢業後她回到高中的母校教國文，一教四十年，教學認真，誨人不倦，直到退休。歷任校長對她都非常器重，也獲得過模範教師的殊榮。由於她的待人親切，學生們也喜愛她，畢業後往往仍跟她保持聯絡，她可真的是桃李滿天下了。

鈴……芷苓剛吃完早餐，電話又響了。她拿起話筒，聽見的是「生日快樂」的歌聲，她明白是怎麼一回事，就不作聲。歌聲結束了，話筒裡傳來：「宋老師，生日快樂！我是趙小妍呀！」

「趙小妍，謝謝！謝謝！你怎會記得我的生日呢？」芷苓說。

「當然記得。宋老師的生日就在國父誕辰這一天嘛！今天我是代表馮玉梅、馬玲玲、王美雲、李愛珠、賴小芬五個人向老師賀壽的，因為要是每個人都打電話來，那就太打擾了。宋老師，我們衷心地祝福您健康長壽，天天都快樂！」

「太謝謝你們了，你們永遠是我心目中的好孩子。趙小妍，請你替我向她們五位轉達謝意。改天我請你們到我家裡來玩，我不會做菜，我們就包餃子好不好？」

「太好了！謝謝老師！再見！我們等著吃您的餃子喏！」

放下電話，芷苓滿懷舒暢，也有點不安：我何德何能，一次小生日居然勞動好友和學生一早打電話來恭賀，她覺得自己太平庸了，怎會有這麼好的人緣呢？她這一生也平凡極了。進入社會不久，她的父母就相繼離世，她是獨生女，父母兩方在臺都沒有親戚，在大陸的也從未聯絡，所以她在世界上就是孤單一人。偏偏她又不喜歡跟異性交往，始終獨來獨往，歲月不饒人，轉眼芳華虛度，她已由「勝女」、「盛女」而變成「剩女」。「現在，晉級老太婆了。」想到這裡，她不覺冷笑了一聲。還好，她有多方面的興趣：聽古典音樂，閱讀，練書法，退休後也不愁寂寞。

電話又響，是怡瑄打來的，她說車子在十分鐘後會到門口，因為不方便停車，請她早點下樓等候。

其實她早已準備好，就依時搭電梯下樓去。她先去開信箱，裡面躺著三封信，都是海外寄來的生日卡片，也都是她的學生寄來的。她開心地把三份卡片放進皮包走出去。

經過櫃檯，管理員喊住她：「宋老師早！生日快樂！」

「你怎知道今天我過生日呀！小林。」芷苓有點詫異。

「宋老師，我怎會知道？您看這盆花！」小林笑嘻嘻地回答。

芷苓看見櫃檯上擺著一盆清麗雅致的蘭花，上面還繫著一張紅色的卡片。她推了推黑框眼鏡，湊近一看，只見卡片上寫著「芷苓老師　生日快樂　生南明敬賀」，心裡一陣激動。南明是她第一年任教時最早畢業的學生之一，和她最投緣，離校後一直有聯繫，其實她們只差五六歲，多年來的關係已從師生變成朋友。昨天南明就打過電話給芷苓，說膝關節痛，不方便出門，今天不來看她了，想不到她還特地送花。我真是何德何能，有這麼多人關心我。「剩女」又怎麼樣？我是不孤單的。

「小林，這盆花麻煩你替我保管，我回來再拿。」她吩咐了小林，就飛奔出門去。不遠處看見怡瑄銀灰色的車子已停在路旁。

她走到車旁，後門就打開了，她跨進去坐下，車裡的三個人齊聲大叫：「芷苓，生日快樂！」她一面連聲謝謝，一面跟坐在旁邊的卓如如擁抱，然後伸手拍拍坐在駕駛座上的李怡瑄和右邊的趙幼芳。

車子開動後，幾個女人立刻七嘴八舌說個不停。有人說今天秋高氣爽，是芷苓的好福氣；也有人說怡瑄會挑日子。

自從結婚後就甘心窩在家裡做賢妻良母，如今已子孫滿堂的卓如如搶著說：「我還有好消息告訴你們，我的小女兒下個月要結婚了，到時你們都要來吃喜酒啊！」

「我也有好消息，我的兒子昨天從柏克萊打電話來說，他今年年底要回來，陪我們兩老過了春節才回去。」身為一家進口貿易公司女老闆的趙幼芳也喜形於色地說。

大家一陣恭喜。

「怡瑄，你有什麼好消息，也說給我們聽呀！」芷苓說。

怡瑄是外交部剛退休不久的一名小主管，四個人中她最精明能幹，平常她們的聚會全都是她策畫的。「我沒有好消息，倒有個好主意。我們今天去八里，路程太近了，不夠好玩。下一次我們去峇里島好不好？明年二月是如如和幼芳兩人的生日，那時天氣很冷，我們去峇里島避寒如何？」

她才說完，大家全都鼓掌稱好。

「我也有一個好主意，我建議明年夏天我們去巴黎為怡瑄慶生好不好？她法文溜得很，正好當我們的代言人嘛！」車裡比較沉默的芷苓這時也開了口。

「好！太好了！八里、峇里、巴黎，越玩越遠，也象徵我們前程遠大，友誼歷久彌新。芷苓，你這個主意太棒了！」三個人都豎起大拇指贊成。

芷苓的眼眶濕潤了，她在心中暗暗感謝上天，賜給她這幾位好朋友，還有數不清的好學生。我不孤單，我不寂寞，有這麼多的人愛護我，我是個幸福的人。

原刊《文訊》三四九期（二〇一四年十一月）

畢璞（一九二二～二〇一六），本名周素珊。廣州嶺南大學中文系肄業。為臺灣五、六〇年代最重要女作家之一。曾任《大華晚報》、《徵信新聞》家庭版、《公論報》副刊主編、《婦友月刊》總編輯等，曾為中國婦女寫作協會常務理事、監事。著作包括散文、小說、傳記、兒童文學、傳記，旁及翻譯，計三十餘種。二〇一四年七月由秀威出版《畢璞全集》二十七冊（散文與小說）。

一張泛黃的紙條

◆郭嗣汾

一

這是一棟面臨大馬路的老舊四層樓公寓，外牆原來貼了馬賽克，但有不少地方已經斑剝脫落，牆上也有一兩處露出了鋼筋，整座樓呈現出灰暗、老態龍鍾。由於它位於都市的邊緣地帶，馬路上相當冷清。這棟樓中大半都是小套房，住戶也大半是老住戶，而且以老榮民和退休公務員居多。早年是市政府興建的平價住宅，賣給中低收入戶，其中一部分未賣出的，則平價出租給同樣弱勢的族群。

一個晴朗的晚秋，上午十一時半，燦爛的陽光照在這棟樓房上，整棟樓很安靜，聽不到小孩子的嘻笑叫囂聲音，馬路上有公共汽車、小轎車、摩托車駛過，和樓房中的安靜沉寂成了明顯的對比。

這時候，一輛摩托車從街角駛過來，停在樓房大門旁邊，車上下來了一個五十多歲的騎士，他穿一件灰黃色的夾克，頭髮微禿，臉上顯現著人生的風霜。他停好車子以後，從置物箱中取出了兩個塑膠袋，走進樓房的大門。

門內玄關不大，沒有電梯，樓梯占去了玄關的三分之一部分，在牆角設了一個小櫃檯，一個頭髮斑白的管理員坐在櫃檯後面，身後牆上貼著四個樓房住戶的名字，名牌大半都模糊得幾乎看不清楚寫的名字了。

管理員看到有人進來，立刻脫下老花眼鏡，站了起來，親切地打招呼。

「王里長，辛苦了，又送便當來了！」

「老劉，」王里長微笑揮手向管理員招呼：「大家都還好吧？」

「啊，昨天晚上四樓的老耿在樓梯上跌倒骨折，已經叫一一九派車送去醫院了。」

「好，下午我去看看，他是老榮民，在臺灣又沒有親人，我帶來兩個便當，有一個就是送給他的，交給你，請轉送給他。現在我上三樓去看看胡老師，給他送便當去。他還好嗎？」

「啊，昨天和今天上午他都沒下樓，我也正要上去看看他呢。」劉管理員說：「每天都得巡視一兩次，大家好像都沒有關樓梯間電燈的習慣。」

兩個人一前一後爬上三樓，樓梯間堆了一些雜物，每一間門口都擺著一兩雙皮鞋、拖鞋等，顯得非常凌亂，到了三樓，這一層樓都是小套房，共有八間。兩個人走到四號房門口，門緊閉著。王里長敲敲門，卻沒有回應。

「胡老師是不是出去了？每天中午我送便當來他都在家的。」

「我沒有看到他下樓，啊，好像昨天一整天也沒有看到他。是不是生病了？我帶了備份鑰匙，我們打開門看看吧。」劉管理員取下了掛在腰間的一大串鑰匙，找到了其中一把打開了門。

門一開，一陣霉味瀰漫在房中，劉管理員走在前面，看到一個白髮老人躺在床上，身上蓋著一床棉被，對他們兩人進來，沒有反應。王里長趕快打開窗帘，讓陽光斜射到房中，劉管理員到床邊搖搖胡老師，沒有反應。兩個人趕緊檢查，胡老師只有微弱的鼻息，全身冰涼，兩手偶爾顫動。兩個人都慌亂了，王里長趕緊說：

「老劉，我在這裡守著，你趕緊打電話叫一一九派車來，他可能是心臟有問題……」

他還未說完，劉管理員就衝下樓去打電話了。王里長坐床邊，他才注意到沙發旁茶几上還擺著他前一天送來的便當，原封未動。胡老師平常很愛清潔整齊，房中未見絲毫凌亂，床頭旁還有兩張報紙，顯然他在發病前還在看報。

二

胡老師被送到醫院，經醫師診斷，他是長期營養不良，心情抑鬱，導致精神耗竭，加上失眠，內分泌失調，身體太過衰弱，以致暈厥。經過醫院急救，已經醒過來，醫師為他戴上呼吸輔助器，掛上點滴，以增加營養。

第二天王里長帶了牛奶、水果去看他的時候，胡老師已經完全清醒了，只是身體太衰弱，醫師為他繼續打點滴，補充營養。他仍然全身無力、痠痛、臉色蒼白，躺在病床上，看到了王里長，身子動了一下，王里長趕快按著他，握住了他的手，關切地說：

「胡老師，沒事了，你好多了！」

胡老師感激地點點頭，嘴唇動了一下，但是仍然無法發出聲音來。不過，呼吸器已經取下，至少他能夠自行呼吸了。王里長知道他想說什麼，趕快按住了他的手說：

「胡老師，你什麼事都不必擔心，醫藥費有健保負擔，同時你也有榮民身分，住院費也有優待，你只要安心養病，我會經常來看你。我找到了你的電話簿，也打了幾通電話給你的朋友，他們也會來看你的。」

胡老師仍然是感激地微微點點頭。這時，站在旁邊的白衣護士小姐開口說：

「先生，病人需要休息，不宜多說話，您放心，我們會好好照顧的。」

王里長只好鬆了胡老師的手，轉頭對護士說：

「我先謝謝你了，昨天送胡老師來的時候，我已經留下了電話，如果病人有什麼問題，請隨時打電話給我。」

不過，在當天下午，王里長就接到了醫院護士的電話，說是胡老師情緒不穩定，請他立刻到醫院去。

王里長騎著他的老摩托車，趕到了醫院，到了病房中，護士小姐迎著他說：

「病人想說話，但是口齒不清，他說的話我聽不懂，他的神情十分焦灼，所以才麻煩你來一趟。」

王里長點點頭，和顏悅色地握著胡老師的手問：

「胡老師，有什麼事，請你告訴我。」

胡老師顯然十分焦急，臉色漲紅，嘴裡擠出了幾個字：

「皮夾，皮夾。」一方面用手勢加強語氣。

王里長聽懂了胡老師的意思，他關心身上的皮夾不見了，皮夾中有他的證件，有現鈔。王里長說：

「啊，你的皮夾保存在醫院裡，我拿了你的健保卡給醫院……」

王里長話還沒有說完，胡老師仍然繼續說：

「皮夾，皮夾！」

王里長明白了他要皮夾，叫護士小姐從病房保管室拿回了皮夾交給胡老師，他打算打開皮夾取東西，但是力不從心，王里長替他打開皮夾，取出他的身分證、榮民證、五千四百元臺幣，另外就是夾層中的一張泛黃紙條。

胡老師看到了紙條，雙眼中顯現出欣慰的神情，他緊握紙條，感激地看了兩人一眼，安靜地閉上眼睛。

王里長看得出那張字條對胡老師的重要，前一天他拿皮夾和健保證，並未細看其他東西，只清點了現款數目，就交給醫院保存了。這時候他也不方便看紙條上寫些什麼，只對胡老師說：

「病房中人來人往很複雜，我看你把紙條放回皮夾，你自己保管，其餘還是交給醫院保管，好不好？」

胡老師點點頭，鬆開了手，護士小姐拿了紙條，放回皮夾內，把皮夾塞在病床枕頭下面，胡老師才安心地閉上眼睛休息了。

不過，護士小姐很好奇，當天晚上，她照顧胡老師上廁所的時候，偷偷地看了那張紙條，紙條已經泛黃，上面只有十幾個字，字跡很娟秀：

「月亮上來時，我在寶塔前面大榕樹下等你。」

字跡已經有些模糊，但是她看清楚了，不過，字條是何人？何時寫的？為什麼胡老師那麼想要找它？這些都是疑問。

三

故事從六十多年前說起，那時候正值對日本抗戰最後階段。胡老師那時候才十八歲，那年冬天他自一所省立高中畢業，準備在第二年夏天考大學。他的名字叫胡友忠，友字是他家譜上的輩次；忠字是因為父母希望多子多孫，依忠孝仁愛次序取名。因此他有一個妹妹叫做胡友孝。他的家庭在縣中算是有名的書香之家，父親是縣立中學校長，母親是一位小學老師。他們一家承受豐富的田產，可說是中產之家。不幸是小女兒友孝出生不久，母親因為產後失調，很快就病逝了。這對他們家庭是一個非常大的打擊，父親因此辭去了校長職務，回家照顧兩兄妹，他也沒有另娶，悉心呵護幼小子女，每天讀書作畫，恬靜地過著田園生活。

胡友忠高中畢業時，也正是對日抗戰最後關頭，政府發出了「一寸山河一寸血，十萬青年十萬軍」的號召，大後方各地熱血青年紛紛響應，報名參加青年軍，胡友忠也深受感召，決心報名參加青年軍，從軍報國。本來他是獨生子，並不需要服兵役，但他報國心切，也得到了父親的同意，父親並且勉勵他移孝作忠，報國殺敵。從此，他開始離鄉背井，展開了另一面的人生道路。

入伍青年軍，受完了三個月的入伍訓練之後，由於他學歷好，能力強，各方面表現都相當優秀，上級保送他到軍校去受訓。不過等到他軍校畢業後，抗戰已經勝利，政府正展開接收和復員的工作。胡友忠分發到一個部隊擔任少尉排長，隨著部隊移動，執行各種不同的任務。

一九四九年初春，部隊從長江北岸撤到南岸。由於前一年年底，他們在津浦路上參加徐州會戰，部隊損失過半，因此，退守江南不久後，就由海運到閩浙邊境一個小縣城去整補訓練。很快就撥入了一批新兵，展開訓練，也擔負著清剿防區內土共的任務。他們這一營，駐防在海濱的一個小漁村，胡友忠升任上尉連長，有兩連駐防小漁村，監控漁港船隻進出。胡連則進駐離漁港約十公里的內陸一個小村鎮，作為前哨。

四

小鎮很小，不到百戶人家，一條街十分鐘就走完了。一條小河沿著小鎮旁流過，一座古老的石橋是它通到漁港的通道。胡連全部住在距石橋不遠的一座古老廟宇中，從駐地走過石橋就進入小鎮內。廟的左側距離石橋不遠的河岸旁，聳立著一座小山丘，只有三、四十公尺高，但它是小鎮附近最高處，小丘上建有一座五層寶塔，從外表看來已經有不少年代了。塔前有一個小廣場，廣場靠小河的一邊很陡峭，岩邊有一棵大榕樹，樹下有石凳，可供人遊憩之用。這裡也是小鎮居民登臨遊憩的唯一風景點。

不過，在胡友忠的眼中它卻是一個軍事要地，控制它就可以控制全村。因此，他率兵到了小鎮之後，一面安排住地，他自己則帶了幾個幹部，登山視察，以便萬一發生戰爭，如何布署兵力，取得攻防有利地位。

其次，他也到小鎮上去走了一遍，小鎮很冷落，大半是住戶，以耕種附近的田地維生，只有一家雜貨店，販賣日常用品，也幾乎是鎮民唯一交集的場所。

不過那時候政府的軍事連連失利，經濟更是不景氣，物價一日數變，官兵一個月薪餉，不夠買幾包香菸，根本沒有消費力，幸而若干生活必需品，都改發實物供給。荷包中沒有錢，大家也少了購買的意願。雖然小鎮突然增加一百多個外來人，但是很少有士兵去逛街買東西。

生性好動的胡友忠，每到一個地方，他都喜歡去探訪名山勝水，古剎名園。但是到了這裡之後，心境和生活都有了非常大的改變。他全心訓練新兵，加強戰備，幾乎到心無二用的地步。特別是他關心大局一天比一天變得更壞了。軍中電臺多半報的是軍聞社的戰報，報喜不報憂。這裡又看不到報紙。但他還是知道共軍已渡過長江，南京失守，國軍全力保衛大上海。實際上，大局已經接近到不可挽救的地步了。

直到有一天，連上的朱特務長（專門負責財務、採購、各種雜務的軍官）從小鎮上回連部，帶來了一份前一天的報紙。他看到了來這裡之後第一張報紙，報紙上消息指出，共軍不但在長江中下游全面渡江南下，在西南、西北各地，也全面進攻，國軍節節敗退，大上海戰爭，也岌岌可危，淪陷將是近期的事。特務長說，這份報紙是他從小鎮上雜貨店中拿回來的。雜貨店訂了一份省城的報紙，隔天才送到，實在說來，看到的都是幾天前的舊聞。

這份報紙引起了胡友忠的注意，第二天下午，他第一次走進了小鎮的雜貨店。店面不大，除了大門外，其他三面牆壁都擺著貨物架，上面陳列著一般日常生活用品。進門靠右邊，有一個櫃檯，櫃檯後面是貨架，旁邊有一道門通到裡間。

當他走近櫃檯時，一個年輕姑娘從櫃檯裡面站起來，胡友忠看到她頂著一頭清湯掛麵式的頭髮，不施脂粉，上半身穿著陰丹士林布短衫，下面是黑色布裙，完全是一副中學生打扮。在他的第一印象中，她並不算怎麼漂亮，但臉上呈現著一種文靜典雅的氣韻，透露著幾分娟秀，中等身材，充分顯示著樸素大方而具有內涵的氣質。年齡應該不到二十歲。在他打量她的這一瞬間，她先開口打招呼：

「長官，要買什麼嗎？」

實在說，胡友忠在軍中幾年，很少單獨面對一個年輕姑娘，幾乎有點慌張失態，不過他很快回過神來，應著說：

「啊，我想買牙刷、洗面毛巾。」

「也要牙粉嗎？」她輕聲問。

那時候，人們刷牙時，大半是用牙粉，不過軍中待遇差，買不起消費比較大的牙粉，都是用濕牙刷沾一點食鹽就應付了。但這時他直覺地回答：

「好，買一包。」

年輕女孩轉身到貨架上去取東西，然後拿一張紙仔細地包起來，用漿糊封好。在她做這些事時，胡友忠的眼光停留在櫃檯上放著的一份報紙，他問：

「我可以看看報紙嗎？」

「請隨意。」她邊包東西邊應著。

店中沒有電燈，也沒有窗子，光線都是從店門外透進來的。他拿了報紙，站在店門旁看著報紙，它是省城出版的前一天的報紙，四開一大張。上面地方新聞比較多，只有第一版有幾條戰事新聞。那些新聞的標題和文字內容都比較含糊，但是可以看得出共軍到處都在進展。政府經濟惡化，物價飛漲，許多地方都改用銀元或美鈔作為交易工具。

匆匆看完報紙，把報紙送回櫃檯，問了價錢，付了錢，女孩把紙包交給他，然後仍然坐下來看書。

雖然是匆匆的見面，也只有幾句話交談，但胡友忠卻隱然懷著一份說不出的感覺，回連部一路上，他腦中仍然隱現著這個年輕文靜的女孩的影像。

五

不過，身為駐軍負責人，他肩負的責任很大，維持地方治安，訓練新兵，出操上課，野戰訓練，這些事占去他極大時間。因此，即使他關心時事，也對這一位女孩有好感，但他卻不能經常往店裡跑。何況他更要顧忌到部下的觀感，不想引來人家背後的蜚短流長。

但他每星期仍有一兩次下午公餘時，到店中買點小東西，如鉛筆、日記本、襪子等，然後看報紙。和年輕女孩交談不多，不過去了兩、三次之後，店門內多了一把椅子和一個小茶几。女孩對他說：

「長官，站著看報太累了，我給您準備了座位，您坐下慢慢看。」

去了幾次之後，胡友忠注意到店中只有兩個人，除了女孩外，另外還有一位七十歲左右的老人，他負責管理門戶，清潔店面，料理飲食。胡友忠常去看報紙，他每次都倒一杯茶送到椅旁茶几上，似乎尊重他是店裡的貴客。不過他從不多話，多半是送上茶就進內間去了。

胡連的朱特務長主管連上雜務，也負責對外和地方溝通，他歡喜說話，多管閒事。他注意到連長經常跑小雜貨店，便認定連長對店中的年輕姑娘有興趣。於是他設法打聽到了她的一些身世，有意無意地在和連長閒聊時，陸陸續續地講了一些有關年輕姑娘的事情。她名字叫做林秀姑，她不是小鎮生長的人，她的老家在武夷山下鄰近江西的一個縣城。一九三〇年代初期，共產黨的紅軍盤據江西省東南地帶，成立蘇維埃政府，勢力最強時，還進據閩西的少數地方。當紅軍盤據縣城時，大肆清算鬥爭，秀姑的父母和兩個哥哥被紅軍押走，從此下落不明。秀姑當時由一個傭人帶著到街上買東西，逃過一劫。由於她有一個姑姑遠嫁福州，姑父經商，所以他們主僕二人，費盡千辛萬苦，逃到福州，投奔姑母。姑母家境優渥，也從小就疼愛這個小姪女，於是她就在姑母家中長大，進學校念書。直到去年，她高中畢業，大學沒有考上，她十分消沉，很怕看到熟人。她姑父原來是這個小鎮的一個地主，雜貨店和後面的住宅，以及附近的一些田地，都是他的祖業，他因為從事經商才長住福州，每年由他妻子回鄉來收租，也有一兩次暑假帶秀姑來過，秀姑很喜歡小鎮的清靜，於是在今年初陪姑母來收租時，她請求姑母讓她留下來，照顧雜貨店。店裡那個老人，也就是當年帶她逃難的老僕人。因此，她到這地方也不過才幾個月時間，在當地也沒有朋友熟人。除了每天照顧雜貨店之外，只有老僕人陪伴她了。

胡友忠知道她的身世以後，非常感嘆她的不幸遭遇，更欽佩她的堅強，內心也更興起了對她強烈的關懷。不過他卻陷入苦惱，因為他無法對秀姑表達這份關懷，畢竟兩個人不過是萍水相逢的、生涯迥異的兩個人。

但這些顧忌並不曾阻止他去看她的意願，反而是一有空就往店裡跑，停留的時間也比較長了。秀姑好像也並不排斥他的來訪，在彼此較為熟識之後，有時她也主動和他聊天，聊一些和兩人不相干的事情，像時事、物價，以及當地的一些小事情。同時，胡友忠注意到她也改變了當初見面時那一副學生打扮。她換上了一般少女的穿著，頭髮也蓄長了，在腦後紮了兩個小辮子，這正是當時非常流行的少女裝束。

除了雜貨店之外，胡友忠對鎮外那一座小山丘也有興趣，不只是它是軍事要地，也是當地最好的風景點，他喜歡在清晨獨自去爬山，瀏覽小山下的小鎮、河流和附近的田園人家。山上的那一座寶塔年久失修，四樓以上的樓層已經封閉，禁止攀登。他曾幾次爬上四樓，有些地方的梯階也已腐朽，走過時小心翼翼，深怕失足。不過從四樓窗戶，遠眺漁港的屋宇，港內的船隻，海上的點點風帆，以及附近山下的田疇人家，都歷歷在目，令人心曠神怡。

有一次，他和秀姑見面時，談到了他清晨去登山和在寶塔中遠眺的事情。秀姑聽得很有興趣似的，接著她主動娓娓地說了一個有關這座小山和寶塔的故事：

傳說若干年之前，在福建西北邊境的仙霞嶺下，有一條修成道的孽龍，有一天牠想到東海去興風作浪，趁著風雨大作時，牠向東南飛到了這個小鎮，眼看東海已經在望。

幸好當時有一位得道高僧，用一道符咒阻止了牠。這座小山丘就是孽龍的龍頭。高僧暫時阻止了牠之後，隨後又募化了一大筆錢，在龍頭上興建了一座寶塔，鎮壓了孽龍，從此東海也平靜無波。

胡友忠聽完了她說的故事以後，忽然鼓起勇氣，第一次對秀姑提出了邀請，他說：「秀姑小姐，星期天你休息，我準備兩份野餐，一齊到山上走走好嗎？」

秀姑望了他一眼，他分辨不出她的表情，她脫口而出地說：

「好吧！」不過她才說出口，接下去又說：「以後有時間再說吧。」

這份回應不算是肯定，但也不是拒絕，胡友忠滿懷希望找時間約她去郊遊。

六

不過，這份心願卻成了他們永遠未能實現的心願，胡友忠到小鎮駐紮還不到半年，紅潮已經氾濫了大半個中國大陸，上海、杭州、南昌等地先後落入共軍手中，距浙閩邊境不遠的溫州也已經風聲鶴唳，每日數驚，土共已經在附近山區到處滋擾，福建境內的幾條公路上也時常有阻路搶劫的事件發生。

就在胡友忠提出約會郊遊後不到幾天，胡連忽然接到緊急命令，要他們立刻準備，等候命令移防。

胡友忠接到命令後，立即召集幹部開會，指示移防前應準備的各項事項。軍隊移防只聽上級命令行事，每個人都得完全遵守。更重要的是要絕對保密。

第二天下午，胡友忠交代一切後，他決定最後一次到小鎮上去看看秀姑。當然，他不能說他們要走，去向她告別。雖說軍隊行動，對外是絕對的機密。只是這畢竟是小鎮的大事，風聲很快就傳開了。當他走進小雜貨店，秀姑也立刻從櫃檯內走出來，臉色黯然，開口就問：

「你們要走了？」

胡友忠略微吃驚，他只有點點頭說：

「移防對我們來說，是家常便飯，不過時間還沒有定。」

接下來，兩人都不提這件事情，但室中空氣突然凝結了，兩個人都找不到話說。老僕人照例送上茶，秀姑說：

「你請喝茶。」

說著，她回到櫃檯後面去了。胡友忠端起茶，他也想不出如何打破這尷尬場面。一會兒後，秀姑再從櫃檯後出來，手中拿著一個小紙包，仍然用漿糊封好，遞給他說：

「你上一次買牙刷、毛巾，已經有兩個月時間，該換新的了。」

胡友忠站起來接著她手中的紙包，一面準備掏皮夾。她立刻阻止他，低聲說：

「別跟我客氣了，這是我送你的。記得晚上吃過晚飯後，就用新牙刷刷牙。」

「好，我先謝了……」他接過紙包說。

想不到這時朱特務長竟突然闖來，神色顯得慌亂說：

「報告連長，有一樁重要事情等你處理。請你立刻回連上去。」

這兩句話讓室內空氣更凝結了。胡友忠只好向秀姑抱歉地說：

「不好意思，我先走了，謝謝你的東西。」

秀姑沒說什麼，目送兩人出去，走過石橋，她才落寞地回到櫃檯後面。

走出店門後，朱特務長低聲告訴胡友忠，半小時前，接到營部緊急命令，限胡連在晚上立即拔營，最遲在晚上十二時前要到達漁港碼頭報到。

軍令不容有任何遲疑，胡友忠回到連上，立刻下令清理裝備，匆匆忙忙地吃了晚飯，到晚上八時，全連整裝出發，行軍到漁港。到達時，還不到十一時。看到平時相當冷清的碼頭卻是十分熱鬧，港外不遠處停泊了一艘大型登陸運輸艦，艦上燈火通明，漁港內接駁船隻和登陸小艇，載滿了一船一船的人，駛向大船。

胡連長向營長報到。營長對他提前到達，特別給予嘉勉。他們邊說話邊指揮部隊上船，兩個人是最後離開碼頭的人。

部隊完全登船後，胡友忠照顧全連安置，一切妥當之後，東方天際已露出絲絲紅霞，軍艦也已經起錨開航，他不想休息，走到甲板上，靠著欄杆，遙望逐漸遠去的漁港。海上一層薄霧籠罩在海洋和大地上，但朝陽漸漸升起，穿透晨霧，漁港鱗次櫛比的房舍清晰地展現在海岸邊，一長條白線區分開大地和海洋。大地的較遠處則是雲霧蒼茫，只看得見模糊山巒的影子。

他的心情顯得十分迷惘、惆悵，一份說不出的失落與感傷塞滿內心。

正當他注視遠方，整個人陷入沉思時，突然有人在他右肩上拍了一掌，他吃驚地轉過頭，看到是第一連的熊連長。北方大個兒，個性直爽豪邁，比他大兩歲，高一期的學長。他回過神，趕快打招呼：

「熊大哥，早！」

「早！」熊連長笑著說：「你在想什麼？我打招呼你都沒聽見，是不是在想女朋友？」

「啊，你在說笑，剛才我只是……」

熊連長從口袋中取出一張紙條，拿在手上晃了一下說：

「你失神一定是捨不得女朋友吧，這張紙條……」

「什麼紙條？」胡友忠著急地伸出手說。

熊連長把紙條交給胡友忠，一面說：

「不好意思，早上在你床頭看到一個小紙包，紙包破了，露出了一支牙刷，剛好我忘記帶牙刷，就打開紙包，拿了牙刷。我發現了裡面還有一張紙條……」

胡友忠根本沒有聽到對方說什麼話，他打開了紙條，上頭只有一行寫得十分潦草的字：

「月亮上來時，我在寶塔前面大榕樹下等你！」

霎時，好像一顆砲彈在頭頂上炸開，轟然一聲，他的腦中頓時一片空白，他的身軀不由自主地靠向欄杆，手中緊緊地握住紙條，熊連長趕緊扶住了他，把他扶回艙中。

七

部隊的下一站是金門。胡友忠大病了一場，但是在戰時的軍人似乎沒有生病的權利，他抱病繼續統率隊伍，不斷進行訓練。在這短短期間中，共軍席捲了東南，福州、廈門，相繼失守。不久後，金門也爆發了共軍大舉登陸古寧頭的大戰。這一戰是共軍渡江以來第一次潰敗，登陸軍兩萬人，半數殲滅，半數被俘，臺海風雲暫時得到平息。

胡友忠的部隊，正面迎戰，建功很大，但損失也不小，他們這一營，營長負傷，熊連長陣亡。大家都幾乎沒有勝利的喜悅。

半年後，他們部隊調回臺灣。胡友忠因為戰功，升為少校營長。但是，大陸淪陷，家鄉親人音息全斷，他人生中第一次愛情——他分不出是不是愛情，但他也失去了。這一切讓他無法振作起來，找回以前的熱情和幹勁。一年後，他自動請調師部參謀，辭去主管職務。再過了幾年，國軍進行精簡整編，他藉這機會自動申請退休。上面批准了他的辭呈，另外輔導他在臺北近郊一家中學工作。

從此，他開始了另一個方式的生涯，這中學有千餘學生，規模中等，他擔任的是文書行政工作。在校門旁的操場旁建有一排教職員單身宿舍，他分得一間，安頓下來。

學校的朝氣影響了他，逐漸從消沉中走了出來，他漸漸融入了學校各種活動，恢復了往日的年輕活力，發揮他的專長。當時學校教師缺乏，有時校長也請他代課。因此，學生都稱他胡老師。

日子過得很平淡，但十分充實。平靜的歲月過得很快，在這期間，有不少人關心他的婚姻，也有女同事對他有好感，但他卻始終忘不了秀姑的一切。特別令他悔恨自責不能忘記的：是他最後那一次離開小店時，秀姑叮囑他記得吃過晚飯後一定要用新牙刷刷牙，她是在暗示他打開小紙包，就可以看到她寫的紙條了。那樣他至少在離開前，抽出時間去找她一次，不管是她願意和他一道走或者只是隨便叮囑的一句話，他也不會一直為這一點抱撼終身了。因為這樣，他幾乎拒絕了所有關心他的婚姻問題的朋友。後來逐漸也沒有人再向他提這個問題了。

八

再一次掀起他心底波瀾的，是一九八七年大陸宣布改革開放政策，臺灣也同時間宣布開放到大陸探親。胡友忠向學校請假，回到老家去。在臺灣四十年，老父和妹妹是他唯一不能忘的親人。可是當他回到老家時，發覺一切都改變了，他的老家住宅田產在中共「三反五反」、「清算鬥爭」的政策下，完全被沒收，分配給窮人。他的老父——一個老教育家卻被冠上「地主」、「土豪」的罪名，被鬥爭死了。埋在哪裡都不知道。小妹妹也失去了下落。最後打聽到她嫁了一個共幹，離開家鄉失去了下落，在家鄉，他成了一個完全陌生人，故鄉已經不是他的故鄉，大家都叫他「臺胞」。他孤獨回來，又孤獨地離開了。除了悲傷、失落，他什麼也沒有帶走。

在他生長的中國大陸土地上，他還有一個心願未了。那也許只是一個渺茫的，不會得到答案的心願，但是他仍舊決心去追尋。於是他輾轉回到了最後離開的小漁村。

漁村的面貌依舊，只是從漁村到內地，修建了一條公路，通到福州，第一站就是他曾經駐紮過的小鎮。他搭上了一輛公車，半小時就到了小鎮，他下了車。打量四周，好像一切都還是老樣子，廟宇、小山丘、寶塔、大榕樹以及石橋，都是他熟悉的景象。

走上石橋，他忽然躊躇了，停了步，靠著橋欄，他要找什麼呢？他要看什麼呢？又為什麼不惜千里迢遙舟車勞頓來到這地方呢？幾十年，大半輩子過去了，整個中國都天翻地覆了，還有他要找的夢嗎？

有人從他身旁走過，使他從冥想中回神，下意識地向前走，過了石橋，進入小鎮。不過第一眼他就看到小雜貨店沒有了，門宇依舊，門口掛著一塊「人民郵局」的招牌。他沒有繼續看，也沒有停下步伐，繼續向前走，小鎮的房屋顯得比幾十年前更陳舊了。他腦中一片空白，失神地繼續往前走，最後，在小鎮盡頭才停下步來，他看到了有一家小麵店開著門，他才感到一天未吃東西，肚子餓了。他走進店內，要了一碗餛飩麵。

麵店老闆是一個六十多歲的老者，頭髮大半都白了。不過他話很多，他一眼就看出胡友忠是從外面來的，他很好奇胡友忠為什麼會到這一個小地方來？胡友忠正想打聽秀姑的下落，但他並不直接提這個問題，以免引起老者疑惑，他先說明從前曾到過這裡，這次是因為做生意經過這裡，所以下車來看看。閒聊中，他提到從前小鎮的一些景況。有意無意中也提到了小雜貨店。老者聽了之後，搖頭嘆息，他說：「鎮上的那家雜貨店，不只是當時鎮上的人經常去買日用物品的地方，更是鎮上小夥子最感興趣的，只可惜店中那位年輕姑娘對誰都是正眼也不瞧一下。之後，在解放軍到這地方的前兩天，店子突然關門歇業，店中兩個人也不知去了哪裡。解放以後，那小店又開了，它變成了『國營』。後來又改成了人民郵局……。」

胡友忠沒有興趣再聽下去，他找機會打斷了老闆的話，付了錢，離開了這難忘而且徒增傷心的地方。

一個星期之後，他回到了臺灣。他到學校去報到後，隨即向學校辭去了工作，拿到了退休金，買下了現在居住的房子，一個人過著無聲無息的生活。

尾聲

胡友忠在醫院住了十天，王里長每天都去看他。醫生對胡友忠病情的診斷是：營養不良，精神耗竭，身心疲憊，最好是改換環境，和親人同住，得到較多的照顧和關懷。實際上，這些大多是辦不到的。

王里長接胡友忠出了醫院，回到原來住處，他替胡友忠申請了一個義工，每天定期來照顧他的生活。

大樓沒有任何改變，生活軌轍一如往昔，安靜沉寂，只是偶爾在深夜中，救護車發出刺耳的汽笛聲，由遠而近，最後停在樓下。過一會兒，汽笛再度響起，漸漸遠去……。

二〇一〇年十一月十九日深夜

原刊《文訊》三〇四期（二〇一一年二月）

郭嗣汾（一九一九～二〇一四），中國地政研究所土地經濟系研究。曾任海軍出版社總編輯、省新聞處科長、臺灣電影製片廠主任祕書、錦繡出版社、江山出版社發行人，主編《海洋生活》、《臺灣書刊》等，擔任中國文藝協會理事長。曾獲中華文藝獎戲劇獎、教育部劇本獎、中山文藝創作獎、中國文藝協會文藝獎章等。著作包括散文、遊記、小說、戲劇近六十餘種。

極短篇小說兩則

◆黃美之

一、強盜・嫚姬

那是湖南鄉下的一個角落裡，高的山也有，但很遠，這一帶只有連綿不斷的山丘，地理書上謂之丘陵地帶。因這樣一丘丘的連綿不斷，便沒有多少平地可走，若有，連帶坡地也成了梯田。也許是這種地理條件，使整個區域與外世很隔絕，以至走過一條只兩塊長麻石拼成的一小過溝道，語言在發音上也不太相同。真是一種老死不相往來的鄉情。

只因抗日戰爭的烽火，終是延燒到了湘省，很多城鎮都已失守，很多人家便搬到這種很少與外界接觸的鄉下來。這種地方並不貧窮，明清時代，代代有人讀書出外做官，而後還鄉建蓋大屋以榮耀祖先。所以有人逃日本鬼子，便搬遷到這種很少與外界接觸的又仍很舒坦的鄉下來。日本人侵略中國本是蛇吞象的妄自尊大，哪有能力走進中國的五臟六腑，連腳趾頭也摸不著。雖然是生離死別，烽火遍地的局面，卻也仍有很多的桃花源，讓人在戰亂中，能過著知足的歲月。

伍太太因丈夫要隨政府去重慶，便決定先帶著三個女兒去她大姊家，因她的大姊嫁去一湘鄉鄉下的大戶人家，應是最好躲離戰亂的處所。但剛來時，最需要學習的，就是語言的不同，譬如，這鄉下不稱大戶人家的小姐為小姐或姑娘，而叫「嫚姬」，伍家的小姐們便笑這種地方太土，小姐、姑娘都不會叫，偏叫什麼「買雞」、「賣雞」的，她們笑了很久。但有一日，一位本地老先生告訴她們，不是什麼買雞、賣雞的，而是「嫚姬」，是一種很尊貴的古老的稱呼。

伍家的大小姐去了雲南讀大學，兩位讀中學的女兒，寒暑假時都會從學校回家去，開學時便去住在從省城搬去更遠的鄉下的學校宿舍內，繼續學業。剛開始，是請人抬她們坐轎去學校，兩天的路程，後來她們姊妹發覺同學們都是走兩天或三天的路去學校寄宿上學，她們便不肯再坐轎子去上學了，只讓家人請他們家一位強壯和氣、名喚連二哥的農夫挑著她們的書物送她們走路去上學。漸漸的，她們也有了走遠路的能耐。時光荏苒，二小姐高中畢業後，便也去了昆明讀大學，小小姐便只有由連二哥送她一人去上學了。

那次，寒假過後，小小姐又要回學校去了，仍由連二哥送她，她已是高二的學生。是走路回校的第二天上午，她跟著連二哥爬上那路途中最高的一座小山，山上的山邊有伙鋪，是打尖吃午飯的飯店，也有住戶人家，如一不成規的小鎮。那天早上，旅客大概都起早的走了，所以這小鎮很寧靜，她突然發現那小溪前的白屋門外貼了一副紅色的春聯，大概這房子才刷得粉白，又貼上這喜氣洋洋的紅春聯，才引起她的注意，她不經意的唸了一下這春聯，上聯是「寄身天地誰為客」，下聯是「得意江山便是家」，她是讀新文學的，倒覺這對聯意境不錯，至於平仄便不知道了。但她覺得這古意盎然的山中，使這白屋很有情趣，因門前小溪上尚有一座小石板橋，淺淺的溪水，竟也輕吟淺唱的從那橋下過，自是流向山下去的。

她正欣賞有趣，突然一個男人的聲音在她身邊問道：「嫚姬，你在這幹什麼？！」

她一驚，身邊站著一穿黑衣黑褲的中年男子，正疑惑卻也無壞意的看著她微笑的問，並也學著她把那春聯唸了一遍，而且笑道：「還真不錯哩，定是外頭來逃難的人寫的。」

「是嗎？」她說，覺得這人真有點神奇了。

「嫚姬，你是哪個學校的？」他看著她黑衣黑裙的。

「省立一中的。」她很驕傲的說。

「那是很好的學校。」他又說：「那你還不快走！像你這樣邊玩邊走的，天斷黑了，你還走不回學校。」

她拔腳就跑，因她真怕還要再睡一晚那種雞鳴早看天的伙鋪。

她看見連二哥在前面扶著擔子，正焦急的等她，見了她，連忙挑起擔子對她說：「快走到我前面去，細小姐，你以後不要隨便在路上跟人搭講了，那是個強盜。」

「你怎麼知道？！」她覺得有些可笑。

「他手中有把明晃晃的刀。」

「啊，我以為那是他砍柴的刀。」

「聽！聽到了嗎？那邊已在哭喊了，快走，走到山下定有人在犁田，便不怕了。」

她一邊跑但仍不斷的向連二哥解釋，說那人不是強盜，因他不但識字，還知道那對聯寫得很不錯的，可見是個讀書人，怎又是強盜了呢？

連二哥跑得氣喘吁吁的道：「那他還是個強盜頭子，因為做強盜頭子還是要讀過書的，否則還不好帶那群強盜哪。」

這話在她心中很久，慢慢也琢磨出為何他未稱她丫頭或者妹子，而稱她「嫚姬」。

她本不喜歡《水滸傳》這本書，但自這後決心要看看這書，但每次才翻上一兩頁便不想看了，因為她心中已有了一本《水滸傳》，就是那帶著明晃晃的刀，穿著黑衣黑褲，稱她「嫚姬」的漢子。

二、雲・吻

一穿著很整潔的青少年，在這女子學院的紅柱走廊中來回的慢步。一會兒，一位女學生抱著她的書和筆記本從文學院走來。

他看到她，忙停下來，笑著站在那兒等她。

「Maggie，好高興看到了你。」他迎上前去對她說，並幫她把那一疊書接過來，那女學生也很高興的說：「啊，小弟，好高興又見到了你，來找你姊姊的吧。」

「是的。」少年說。

「我幫你去叫她。」她說。

「不要了，她知道我在這兒等她。」他滿臉笑容的說。

「昨天晚上大家都開晚車到好晚，今天又差不多上了一整天的課，Yula一定告訴你聽了吧，學校提前放假，因為共產黨都快要打來了，連馬歇爾都走了。」

馬歇爾是位美國來的大元帥，是來幫國民黨和共產黨和談的，因兩黨的各持己見，和談沒門，馬歇爾生氣走了。因馬歇爾在中國時，他的住所和這女子學院是同一街，所以他在時，這條街真是車如流水馬如龍，他走後，女學生們很少看報，對時局的變化不太敏感，只知道那條街突然的冷清了，因馬歇爾走了，這倒不打緊，只是學校要她們早回家去，聖誕節也不過的就讓學生回家去，這倒很增她們的悵惘。但少年似也不太在乎時局的變遷，他看Maggie有些憂心沉重，便說：「這麼多的人，你何必著急。」她笑了。

他把她的書放在地上。他們雖相識不久，是今年學校放春假時，同去一學校發起的春假旅遊團，少年的姊姊玉娜因很能幹，學校便讓她當團長，玉娜便替她的弟弟也報了名交了費，反正還有外校的男生也參加。玉娜因有很多的團務要做，便拜託她的同班同學照顧她這位在家養病的小弟。但一路上，小弟只跟著這比他姊姊低一級的Maggie走，替她提包，她一路買這買那的，他都替她提著背著，她口渴了，他替她去找水喝，她要添飯了，他替她去添飯，這些全看在玉娜眼中，心中本有些火，在家時何曾見他如此勤快過？但想想，何曾見他如此快樂過？也就見怪不怪的由他兩人又講又笑的混著。小弟叫她Maggie，反正這學校的女孩子都有一不成文規定，皆有她們的英文名字，而這英文名字多是按她們的中文學名變來的。她們彼此叫她們的英文名比叫她們的學名多，但Maggie這名字卻不是從她的中文學名轉來的，她的解釋是因為Maggie譯成中文時，字形很美，也很好聽，所以就把中文的「嫚姬」變作英文的「Maggie」。她當然不會告訴同學那是一種對小姐的尊稱，因為那些女孩子都是很會諷刺人的。

小弟從不叫他姊姊玉娜的英文名字Yula，只叫玉姊姊，卻總稱她Maggie。自春假後，他們並沒有機會再見面，他偶來學校找姊姊也見不到Maggie，但他總請姊姊為他向她說聲「hello」，Maggie也常請玉娜代她問候小弟。

今天能這樣意外的相見，兩人都覺到一種意外的喜悅。他忙把她拖過來，一同坐在走廊的地上。腳踩著草地，他把她的書放在他身邊。因Maggie說了很累，他便把她拉倒在他的大腿上，她看到了天，發覺天竟是又藍又亮，一朵朵白雲好似一群白綿羊在一同慢慢的移動，她指著天空說：「小弟，看天上的綿羊在慢慢走咧。」小弟抬頭看，便輕輕笑了。他把自己西裝口袋內的白麻紗手帕拿出來蓋在她的臉上，在她隔著手帕的嘴上輕輕的吻了一下。她忙一手扯掉手帕並坐了起來，小弟正看著她默然的微笑，笑得像個頑皮的小男孩，淘氣卻無邪的快樂的微笑著。她把手帕丟給他，並未生氣的說：「小弟啊，你也不老實。」他們兩人都笑了。

這時宿舍的紗門被人推開，Yula 出來了，她驚奇的看著他們倆，說道：「你們兩人為什麼坐在這風口裡，水泥地也是冰涼的，小弟，你怎麼不知道你是絕對的不能招涼受寒的！」他們兩人都站了起來，Yula忙把她手中的一串鑰匙塞在弟弟的手中，說：「快回家去，媽媽不是正等著要用嗎？」小弟接過鑰匙放進褲袋內，又彎下腰把 Maggie的書和筆記本拿起來放到Maggie手中，輕輕的向她說了一聲：「Maggie，再見。」向他姊姊只揮了揮手，轉身便走了。

Yula拉著Maggie的手站在冷風裡看著小弟一人快快的走出校門口，他一直不曾回頭看看她們。

很多年後，中國人不管是在中國大陸或是去了臺灣的，多是身心都受過戰火的洗禮。在從九龍去香港的碼頭上，兩位頭髮灰白稀疏的婦人，彼此的呆視著，卻不敢相認，直到快上渡輪時，才彼此忘卻了那曾有過的失落大叫著：「Yula!」「Maggie!」那聲音淒涼又勇敢的穿越了一段淒楚的時空，她倆那樣悲喜的手拉手的走上渡輪，依在渡輪的船欄，千言萬語不知從何說起。

過了一陣子，Maggie低頭看著滾動的海水，輕輕的說：「這香港的海水真藍啊。」

「可不是嗎？」Yula低聲的應著。

Maggie又抬頭看了一下天，天上一朵朵白雲好像一群綿羊，她便說：「那些雲朵好像一群綿羊。」

Yula抬頭看了一下，她的眼淚突如決堤的水，Maggie看著她，不知要如何說才好，後來Yula終於啜泣道：「小弟死前也常說天上的白雲很像一群白綿羊。」

Maggie不想也不知說什麼，只抬頭看著那很像一群綿羊的雲朵，有一點不知今夕何夕，而輕輕的微風把天上的雲朵吹成了一絲絲的綹紋。

原刊《文訊》三三四期（二〇一三年八月）

黃美之（一九三〇～二〇一四），本名黃正。廣州中山大學歷史系肄業，於美國加州聖塔馬利卡柏沙町那學院選修西洋文學。曾任臺灣復興電臺編輯、內政部勞工司國際勞工組職員、北美洛杉磯華文作家協會副會長等。著作以散文和小說為主。

再婚

◆廖清秀

這一天瑞美向服務機關請假，早起替家人準備早餐，送走丈夫到大學上課，繼子女上班或上學後，打算去買菜。

今天她在家請一位老同學吃飯，幾個月前她再婚沒有多久，就曾請他跟七、八個同學到家裡吃過飯，今晚卻鄭重其事地再請他一次。

說實在話，她對再婚後的生活原本不樂觀，前夫對她損傷太大，讓她對婚姻生活感到害怕，離婚兩年後要不是一位學姊熱心的介紹、拉攏，她也不會嫁給陳藍天做後妻的。

但再婚後令她意外的驚訝是：後夫對她太好，前夫認為是她缺點或不適應的，在後夫那兒都變成優點或適應得好。

後夫大前夫十幾歲，對性生活淡泊，不像前夫三、四天就求歡，不應付就大罵或跟她吵。不能生孩子也是她的缺點之一，前夫為此要她去動手術，她不接受；但後夫已有子女，不能生育反而成為她的優點。前夫輕視她的外表，曾叫她歐巴桑，罵她醜八怪、沒有胸部的女人等；後夫則是尊重她的才華，稱讚她把家事料理得很好，寫一手漂亮的字與好文章。

前夫除了愛釣魚、喜歡打扮自己外，可說沒有別的嗜好，報紙雜誌懶得看，電視電影也不想看，晚上七、八點鐘就睡，這時不能讓他聽到聲音，不許有光線射進臥房。但她習慣晚睡，十二點就睡前要看看電視、書報，聽聽收音機才睡得著。前夫睡時，她把電視等聲音弄得最低，燈光也管制到不會妨礙他入睡。但他一起床就這裡走走、那裡敲敲東西，把睡覺中的她吵得要命。

她為配合前夫，曾七、八點鐘就跟他一起入睡，結果整晚失眠。她曾央求他晚兩小時，自己提前兩小時——兩人於十點鐘就寢，他還是我行我素。

兩人之間的裂痕擴大，爭吵也越來越厲害，她忍無可忍，要求分居一段時間，互相檢討反省，如果認為重新生活在一起較好就再同居，仳離較好就離婚。

前夫拒絕，認為分居有失他面子和男人的尊嚴，怕性生活受到影響，堅持她要順從他，甚至為他生孩子而去動手術等。

她同學簡文貴到她家去，常聽見他們夫妻吵得很厲害。

在這種情況下，她會下逐客令：

「簡文貴，我無心招待你，你就走吧！」

簡勸他們幾句，看雙方都勸不動，只好搖搖頭識相地走了。

簡文貴起初以為她脾氣太暴躁、不溫馴而勸她不要這樣，但慢慢地知道她前夫損她，叫她歐巴桑、醜八怪、沒有胸部的女人，簡認為做丈夫的這樣太過分了。

有一次簡又到她家，她前夫問他：

「瑞美提出分居的要求，你認為怎麼樣？」

「既然一方想分居，暫時就分居一下，互相反省，認為還是在一起生活較好時再同居……」

「你怎算好朋友？」她前夫大怒：「做朋友的都勸人家夫妻不要分離，你卻贊成分居！」

「分居不表示就是離婚，只是一段時間不住在一起，覺得能忍受對方缺點或改正自己的缺點，隨時都能和好再同居的。我看你們常常吵架，這樣彼此都太痛苦了不是嗎？」

「我不需要你這種朋友，現在就請回吧！」她前夫惱羞成怒，下逐客令。

「回去就回去！我本來就是瑞美的同學，不是你的什麼朋友……」

簡掉頭便離開他們家。

她終於跟前夫分居，在外面租一房間住，離開前她曾把替他存一筆錢的郵局存摺交給前夫。

分居期間，前夫常常到她租的地方催她回去，但不是用感情打動她，而是恐嚇要毀她容，使她害怕，加強離婚的決心。

她在臺灣只有同事和同學，大部分不願意介入他們夫妻的家務事，只有簡文貴常常去看她、安慰她，使她在精神上感到自己並不孤獨。

經過一番折磨，好不容易跟前夫離婚，也跟藍天再婚了。

近來的幸福婚姻使她以為自己在夢中。簡最關心她，讓他看看自己婚後的生活，使老同學放心也算有個交代，但其中不無炫耀的成分。

本來可上館子或從餐廳叫菜，但瑞美想讓他看看家裡融洽的氣氛，且想把最近學的卜肉，試做成功的荷葉排骨、糖醋魚、珍珠丸、三脆等幾種菜，露一手給老同學瞧。

排骨和魚肉都買了，但不容易弄到荷葉，只好向菜館買，幾葉就被敲了五十塊。

回家後她洗、切、蒸、燉，因量少，像辦家家酒似的。

藍天回來吃午飯，下午大學沒課不必再出門。飯後他看餐桌、廚房排滿東西，問：

「要不要我幫忙？」

「不用，晚上好好招待客人，現在你養神午睡去吧！」

「你一個人忙得過來嗎？」

「可以，你放心去睡。」

一切就緒，完成準備工作的喜悅使她覺得疲乏。

掛鐘指向三點多鐘，她坐在客廳的沙發椅睡熟了。

不知多久，身上加披一件毛線衣。

「我怕你受涼，卻把你吵醒了。」

「謝謝，我本來只想休息，卻睡熟了。」

「你太累，再休息一下，簡先生要來還早。」

「我也準備得差不多了。」

掛鐘指著四點零五分，離簡文貴六點鐘要來還早。

「你到臥房睡，五點我叫醒你。」

「不用，我在這裡休息，你讀你的書吧。」

「好，好……」他到書房去。

眼淚從她緊閉的眼睛流出來。

由於藍天的體貼，她再婚後領略天下也有這麼好的丈夫，感受到做太太的如此受尊重、被愛護，她如果不再婚的話，將永遠不知體味這些而遺恨終身。

她太累又睡著了，再醒來時已是五點十分，簡文貴還有四、五十分鐘就來，她有些緊張與好奇：藍天接待文貴的態度如何？會說自己怎麼樣？但她堅信：她在這裡是被尊重，再婚後過著美滿日子的。

五點半，藍天將睡衣換為便裝，走到客廳。

「簡先生快來了！」

「是啊，該蒸的我放下去蒸，要炒和炸的等他來再做。」

簡文貴來了，跟他倆寒暄後，大家坐下來。

「簡先生，我們這次專程請你一個人。」藍天說。

「這實在太不敢當了！」

「藍天、文貴，你們不要那麼客套、那麼拘束好不好？」

「對，對，簡先生是瑞美的老同學，我們不必那麼客套拘束的。」藍天說這話既不牽強也不做作，瑞美意識到丈夫對自己的尊重。

她給他倆各倒一杯茶。

藍天說：「我很幸運能跟瑞美再婚。自從前妻去世後，這個家變得亂糟糟的，她整理得井然有序，跟我女兒也相處得很好。」

「瑞美心地善良，為人直爽能幹。」文貴也說。

「她對我的事業有很大幫助，最可貴的是心地善良……」

「好啦，好啦，別把我捧上天，我聽了難為情。」瑞美笑著說：「文貴，你就跟藍天聊聊，我去廚房。」

「好，你忙你的。」

瑞美精神煥發地走進廚房，藍天得意地目送她。

文貴，你現在看到了，有人珍惜我、敬愛我，我不會再像從前那樣，跟丈夫吵鬧而趕你走，你再也不會說我脾氣暴躁吧，那是遇人不淑啊。瑞美在心裡暗自告訴他。

從客廳不時傳出藍天和文貴的笑聲。蒸籠裡的荷葉排骨已香味四溢，她炸從本省人學來的卜肉，炒從福州餐廳學來的三脆，珍珠丸和糖醋魚也很快地弄好，二十多分鐘就叫藍天請文貴到餐廳。

這時念中山女中的繼女淑真回來了。

「爸、媽。」她在客廳喊藍天和瑞美，向文貴點點頭。

「小女淑真，」藍天向文貴介紹，「淑真，你叫他簡叔叔……不，你應該叫他舅舅才對，你媽在臺灣沒有親兄弟，他跟你媽像姊弟一樣。」

「舅舅！」淑真喊著。

「不敢當！」文貴很受感動。

瑞美更是感動流淚，體會丈夫對她實在太好。

「我們進去吃！」她浮著淚不擦，催他倆到餐廳，也向繼女說：「淑真，一起吃吧！」

「我要洗澡後再吃。」

「那你先吃些媽弄的荷葉排骨、卜肉好嗎？」

「好！」

她挑一塊較大的荷葉排骨和幾塊卜肉放在碗裡，讓淑真在廚房吃。

她未生孩子，繼子女像自己生的似的，而喪母後父親不能好好照料，他們對她的照料感激地接受。

「我們夫妻敬簡先生從前照料瑞美……」

「哪裡，哪裡，我祝福賢伉儷美滿的婚姻。」

彼此將面前酒杯一乾而盡以後，開始用菜。

「這個荷葉排骨是大陸的名菜，卜肉是臺灣的，三脆是福州的，瑞美有不斷學習的精神，這也是我佩服的……簡先生，趁熱吃吃看，我相信不錯的。」

文貴將排骨的荷葉弄開，邊吃邊說：「味道很好，跟菜館做的一模一樣呀。」

「只要像樣一點菜館做的就好。」瑞美謙虛地說。

「可說毫無遜色對不對，簡先生？」

「對！」

「你們不嫌吃就好。藍天，怎麼自己誇口？」

「好的就是好，咱們中國人總是謙虛而說違心話，這一點外國人就坦率，認為好的東西才請別人吃。」

大家吃一會兒，藍天又說：「我們計畫把我拍攝風景的照片印成書，編輯、文字由瑞美負責。」

「她在這方面是行家。」文貴點點頭贊同。

「瑞美還有一個優點，能積錢也能花錢，打算跟我周遊世界拍各地奇觀。我真替她前夫惋惜，這麼好的太太不能接受、享福……」

「精神面差異的緣故吧！」文貴說。

文貴說得對，瑞美暗自想，前夫不看報紙雜誌，跟自己在精神面的差異太大了。

「我應該感謝他，由於他不知好歹，容納不得瑞美，我今天才有得到瑞美的機會，這也許是天意，我也應該感謝上蒼才是。」

「為賢伉儷美滿的結合，我們再乾一杯。」

「我不會喝，隨意。」瑞美持杯敬文貴。

藍天將她的酒杯也拿過去，「我來替你喝，這是不能不喝的。」他將兩杯酒陸續乾了。

「想起從前那段暗淡的日子，我現在還是有些害怕……」

「它好像是什麼災難或惡夢，我保證嗣後再也不會發生，」藍天說，又轉向文貴，「如果我有一點虧待瑞美，簡先生，你隨時可以來向我問罪……」

「陳先生太言重了！」

「我不能再傷瑞美的心，前夫已夠她悲傷害怕，我陳藍天不能做第二個罪人。」

簡文貴再舉杯，「祝兩位白頭偕老，永遠幸福……」

「謝謝你們……」瑞美淚流滿面，泣不成聲。

本文改寫拙作〈晚宴〉，原載一九八四年十一月十七日《自立晚報》副刊，後收錄於《廖清秀集》（前衛出版社，一九九一年七月），二〇一〇年四月十二日改寫

原刊《文訊》三一五期（二〇一二年一月）

廖清秀（一九二七～二〇一五），為「跨越語言的一代」作家。日據時期小學畢業，教員檢定及高考及格。曾任小學教員、交通處科員、中央氣象局專門委員等。曾參與鍾肇政發起之《文友通訊》。曾獲中華文藝長篇小說獎、鹽分地帶文藝營臺灣文學特殊貢獻獎、臺灣文學獎佳作獎、巫永福文學獎、臺灣文學牛津獎等。著作以散文與小說為主計二十餘種，另有論述、雜文、翻譯等。

求龜

◆鄭清文

「世文，來去王爺宮看撞過火。」

李友文穿著學生服，白色短袖襯衫、卡其短褲、黑白籃球鞋。

「我看過了。」

石世文正在畫畫。

「你在畫什麼？」

「香蕉。」

「香蕉？來去啦，來去看撞過火。」

李友文拉了他的手，半央求，半命令。

「宗文也去？」

上午石世文在街上碰到李宗文，他今天休假。

「他沒有空。」

李友文回答。

王爺宮就是保元宮，也叫太子爺廟，在街尾，叫草店尾，也就是舊鎮的街道和縱貫道路交接的地方，廟的南側是大水河，北側是灌溉用的圳溝。廟庭兩側堆著石垣，也是堤防。

在廟庭中央堆著一堆煤炭，像穀堆，已點火了，有兩個電風扇在搧著。電風扇一個是從鎮公所借來的，另外一個是省議員捐的。

廟庭四周已有不少人，有人已爬上石垣，戲臺面對著廟，戲已開演了。在廟庭的一角，今天要參加撞過火的人正在演練。他們穿著制服，上身是白衫，寫著「保元宮」，白色半統褲，有人在打拍鼓，有人一邊舞劍，一邊踩腳步，也有人在畫符。

李友文在前面，穿過人縫，走進內庭，石世文猶豫一下，跟進去。

廟的前廊和中庭擺著幾張大桌，上面擺著許多祭拜用的牲禮和金紙，有許多婦女在燒香祭拜。有一張桌子上，擺著許多大小不同的紅龜粿。這些紅龜都是秤重的，以一斤的做標準，大的可能有一百斤以上吧。這些紅龜，是供人求乞的。求一隻，明年還兩隻，求一百斤大龜的，明年除了還一隻大龜，還要一場戲。這些大龜，都是生意人在求乞的，有時，一個人負擔不起，由幾個人合夥。

以前，紅龜都是用糯米做的，現在，也有用土豆仁粉，還有人用鳳片糕。至於一百斤的大龜，為了分割方便，都用土豆仁粉或鳳片糕。

李友文點了幾根香，也分三根給石世文。燒香之後，還要擲杯，表示神明已同意你的乞求。石世文忽然看到廟公在迴廊的側面那邊看著他和李友文。

「廟公會問你？」

石世文問李友文。

「不會。」

「為什麼？」

「他相信每一個人。因為每一個人都是對著神明的。」

「呃。」

廟公還是一直看著這邊。石世文感到不安，就走到迴廊的另一側。廟公向外邊走過來，石世文就往裡面走進去。

回頭，他看到廟公走到李友文身邊，停下來，看了他一眼，又走開了。這時，石世文已走到大殿。大殿中央，上面供奉的是托塔天王李靖。

石世文讀過《封神榜》，知道李靖一家四個人的故事。在《封神榜》裡面，有七個人沒有戰死，肉身成聖。這七個人是沒有受姜子牙封神的。李靖一家就占了四個。石世文去過仙公廟，呂洞賓也是直接成仙的。或許在這裡供奉天王一家人，也是同一個道理吧。

在《封神榜》裡，三太子哪吒是一個很重要的角色，但是在廟裡，他只有幾個小小的，騎著風火輪的塑像。為什麼？從神明的位置，他知道在中央上位的是李靖。王爺宮這個名字，也是從這裡來的吧。那為什麼也有人稱它叫太子爺廟呢？李哪吒、楊戩、孫悟空都是民間喜歡的人物。從廟裡的神像看來，他也不知道哪一個是金吒，哪一個是木吒。

在中殿，神明的兩側，站著幾個巨大的神將。在遊街的時候，這些神將都走在主神前面。主神是坐轎，神將是由人扛著走的。他們走路的時候，有一定的架勢，腳步、手勢都要講求，顯示他們的威儀。

石世文看著他們，有的是青臉，有的是紅臉，也有的是黑臉。他們共同的特點，就是有很大的眼睛，就是故事書所講的「眼如銅鈴」吧。

石世文不知道，這些神將和大眾廟的七爺八爺是不是一樣。七爺八爺很可怕，把舌頭都伸出來，他們是會處罰壞人的。王爺宮裡面的這些神將，會處罰人嗎？

這時，他好像聽到有點氣息，轉眼一看，廟公就站在他旁邊。他又嚇了一跳。廟公並沒有説話，只是對他笑了一下。廟公叫紅膏柳。他在廟後種了一些青草，大概在兩年前，石世文臉上生了疔子，紅膏柳給他敷上疔子草，膿出來了，疔子也消了。他是不是還認得出自己呢？

廟公走過去，石世文轉頭，李友文正在向他招手。

「好了？」

「你也求一個。」

「為什麼？」

「可以畫畫呀。」

石世文看李友文手上捧著一塊一斤重的紅龜粿，一邊説，走出廟門。

撞過火快要開始了。道士在前面，手拿著寶劍和旗子，一邊繞著火堆，口裡唸了一段，就把金紙塞到火堆邊緣，後面跟著剛才在演練的年輕人。

他也看到有人抬著神轎，那是專門給撞過火用的，比一般的神轎小很多。

「回去，我分給你吃。」

「我要看撞過火。」

「你不是說已看過？」

「我想再看一下。」

「我們回去。」

「明年，你會來還？」

「會。」

「你怎麼還？」

「我會把零用錢省起來呀。」

紅龜粿很多人自己做，不過求龜用的，比較大，都是向糕餅店買的。

「去年，你也是這樣講。不過，你沒有還。」

「今年求一個，明年還兩個，對不對？」

「對呀。」

「我們老師說，這是高利貸。」

高利貸？李友文才初中一年級，他知道什麼叫高利貸？老師會教這一些嗎？看起來，他好像懂。石世文曾經問李宗文，什麼叫高利貸？高利貸是不是不好的事。

「高利貸是不好，不過，那是神明做的。因為我們有祈求呀。而且都求很大的事，求好運，求賺大錢，求好婚姻。」

「一定有人沒有還的。」

李友文說，跟石世文回家。

「有人敢嗎？」

「祈求的，不會都應驗呀。」

「不管應驗不應驗，都要還呀。」

「阿妗不在嗎？」

「不在。」

李友文拿紅龜粿到石世文家，把它切成八塊。

「你吃一塊。」

「我不吃。」

「為什麼？」

「我不餓。」

「你不敢吃？」

「不是不敢吃。我要去畫畫。」

「那你就吃一塊，吃了再去畫。這是向神明求的龜，一定會保佑你，保佑你畫好畫。」

李友文說，吃了一塊，把其餘的包回去。

原刊《文訊》二七九期（二〇〇九年一月）

鄭清文（一九三二～二〇一七），臺灣大學商學系畢業。任職華南銀行四十餘年，並曾任臺灣筆會會長。曾獲臺灣文學獎、吳三連文藝獎、時報文學獎、金鼎獎、美國桐山環太平洋書卷獎、世界華文文學終身成就獎、國家文藝獎等。著作以小說與兒童文學為主計四十餘種，兼及論述與翻譯，多篇作品被譯成英、日、德、韓、捷克、塞爾維亞文。

國家圖書館出版品預行編目(CIP)資料

64顆星星：《文訊》銀光副刊選集/一信等著. -- 臺北市：文訊雜誌社出版；[新北市]：聯合發行股份有限公司發行, 2023.07

面；　公分. -- (文訊叢刊；42)

ISBN 978-986-6102-85-1(平裝)

863.3　　112007817

文訊叢刊 42

64顆星星

《文訊》銀光副刊選集

| 著者 | 一信等
| 主編 | 隱　地
| 總編輯 | 封德屏
| 責任編輯 | 杜秀卿
| 工作小組 | 安重豪．吳穎萍．吳櫂暄．游文宓．蘇筱雯
| 美術設計 | 翁　翁．不倒翁視覺創意

| 出版 | 文訊雜誌社
地址：100012臺北市中正區中山南路11號B2
電話：02-23433142　傳真：02-23946103
電子信箱：wenhsunmag@gmail.com
網址：http://www.wenhsun.com.tw
郵政劃撥：12106756文訊雜誌社

| 印刷 | 松霖彩色印刷有限公司
| 發行 | 聯合發行股份有限公司
| 出版日期 | 2023年7月
| 定價 | 新臺幣380元
| ISBN | 978-986-6102-85-1